お内《か》儀《み》さんこそ、心に鬼を飼ってます

おけいの戯作手帖

麻宮　好

コスミック・時代文庫

この作品はコスミック文庫のために書下ろされました。

目次

巻の一　笑う娘

一

西空は血の色をしていた。その空から砂を含んだ春の風が吹き下ろし、九歳の柔らかな頬《ほお》をなぶった。

不意に胸がざわりとした。

早く家に帰らなくちゃ。そんな思いに駆られ、おけいが斜陽の照り映えた地面を蹴ったときだ。

半鐘《はんしょう》が鳴った。

橋の袂《たもと》で顔を上げると、自宅のある加賀町《かがちょう》のほうから白い煙が立っているのが見えた。

ざらっとした風は堀端の柳の枝を弄《もてあそ》び、水面をぎざぎざに走っていく。これでは、あっという間に火が回る。

おけいは慌てて橋を渡り、最初の辻を左に曲がった。

「お嬢ちゃん、そっちは危ないよ」

女の声に襟髪を摑《つか》まれたが足は止まらない。

頭の中ではおとっつぁんとおっかさん、それから弟の幸太郎《こうたろう》の顔がちかちかと明滅している。白煙がおけいの眼前を塞《ふさ》ぎ、その先で男たちの怒号が鳴り響く。

家まで二丁ほどの場所まで来ると、

「おい」

強い力で手首を摑まれた。半身が持っていかれ、危うく下駄《げた》が脱げそうになる。

「行ったら駄目だ」

眉を吊り上げているのは、筆屋の勘助《かんすけ》兄さんだった。

火事だよ。みんなが死んじゃうよ。

そう言いたかったのに、おけいの口からはひゅうひゅうと頼りない音しか出ない。

諦めて駆け出そうとすると、

「おけい、こらえろ」

勘助兄さんに羽交い締めにされた。九歳の身は男の逞《たくま》しい腕でがっちりと押さえつけられ、身動きができない。めちゃくちゃに手を振り回すと、詰まっていた喉《のど》が開き、ようよう大声が出せた。

「嫌だっ！　行かせて」

「だめだっ！」

負けじと勘助兄さんが叫んだ——そのとき、前からやってきた体格のいい男を避けようとしておけいの身を押さえる腕が僅《わず》かに緩んだ。

その隙《すき》におけいは飛び出していた。

「おけいっ、待てっ！」

勘助兄さんの慌て声を振り切って、おけいは駆けていく。

頭上でごうと風が吼《ほ》えた。煙の帳《とばり》が歪《ゆが》み、その隙間から炎がべろんと舌を出した。

その舌の向こうに店が見える。おとっつぁんが帳場に座り、おっかさんが店先できびきびと雑巾《ぞうきん》がけをしている店だ。おけいの大好きな茶葉の香りのする店だ。

その店が今、真《ま》っ赤《か》な炎に呑まれている。

おとっつぁん、おっかさん——

なす術もなく、店の前でおけいが呟《つぶや》いたときだった。

くくっ、と低い声が耳をかすめた。

はっとして声のほうを見ると、店の反対側、金物屋の前に一人の少女が立っていた。桜模様の着物も少女の白い頬も緋色に染まっていた。

不意にその頬が歪む。

少女は笑っている。

くすくすくすくす。

真紅の花がほころぶように笑い続ける。

その異様さに目を奪われていると、頭上で熱い風が唸《うな》りを上げた。

おけいっ！

叫び声と共に、おけいの体は強い力で突き飛ばされた。背中を熱い風が通り過ぎていく。

助けて。おとっつぁんたちを助けて。

叫んだ瞬間、瞼の裏に漆黒の闇が落ちてきた。

塗りこめたような深い闇の中で、少女の笑い声だけがいつまでも響いている。

あんたは誰、いったい誰なの――

「姉ちゃん、おけい姉ちゃん――」

誰かに揺すられ、おけいは重い瞼をこじ開けた。明るい光が一気に飛び込んでくる。こちらを覗《のぞ》きこんでいるのは、澄んだ黒い瞳――

「もう、朝？」

「何寝ぼけてるんだい。七ツ（午後四時）はとうに過ぎてるぜ」

ぷっと噴き出し、弟の幸太郎は十一歳の華奢《きゃしゃ》な肩をすくめた。

七ツ？　昼餉《ひるげ》を食べて文机《ふづくえ》の前に座っているうち、ついうつらうつらして――

そうか。そのまま畳《たたみ》の上で眠ってしまったのだ。それもこれも昨晩遅くまで、祖父の原稿を清書していたからだ。

原稿――

「いけないっ！」

跳《は》ね起きると、文机の上の紙は「両人はやうやうと息を」で終わっていた。最後の一枚だったのに寝てしまうとは、我ながら間抜けだ。

「そうそう。勘助さんが原稿を取りに来てる――」

「ちょっと待って、って言っといて。すぐに済むから」

弟の言葉を終いまで聞かぬうち、文机の前に座り直して筆を持つ。

「姉ちゃん、顔が――」

「顔が何？」

「いや、何でもねぇよ」

幸太郎は笑いを含んだ声で言い、外廊下に出た。

夕刻間近の陽は長く伸び、弟の紺絣《こんがすり》の裾《すそ》を明るく照らしていた。その足元がぐらりとよろめく。

「おっと、危ねぇ。蹴っ飛ばしちまうところだった」

「そこに何かいるのかい」

「うん。猫が。けど、一匹だけだよ」

振り向いた弟はにこりと笑い、軽い足取りで台所のほうへと去っていった。

しんとした廊下には、夕刻近くの黄色っぽい陽がうずくまっているだけだった。

幸太郎は余人には見えぬもの――つまり幽霊の類《たぐい》が見えるらしい。猫や犬だけではなく人の幽霊もだ。今みたいに何かを避ける素振りをしたときは、大抵そこに何かがいる。どんなふうに見えるのか、訊《たず》ねてみたことがあるが、

――色々だよ。子どもも大人も男も女もいるよ。生きてる人間と同じように歩いてたり、立ってたり、座ってたりする。

淡々と答えた顔には屈託がなかった。

つまり、弟の日常には生きている人だけでなく、死んでいる人も当たり前のように紛《まぎ》れ込んでいるのだ。だが、自分に見えぬものが弟の目に映るというのは不思議で、どこかしら頼りない感じもあった。

にゃあ、と小さく呟いてからおけいは廊下から目を外し、文机に向き直った。

清書しているのは、祖父、茶太郎《ちゃたろう》の書いた原稿である。

齢《よわい》七十の祖父は、「寄木古茶《よせぎこちゃ》」の筆名で、今年、文化元年（一八〇四）の初売りに『雪姫道中奇談《ゆきひめどうちゅうきだん》』なる読本《よみほん》を出した。寛政《かんせい》の御改革で手厳しい弾圧を受けた黄表紙や洒落《しゃれ》本に代わって注目されたのが読本で、文字中心の物語に挿絵《さしえ》を施《ほどこ》すようになると、わかりやすくなったと売れているそうだ。

『雪姫道中奇談』は表題通り、主人公の雪姫が旅の途上で不思議なものに出会う物語である。もともと祖父は奇談や幽霊譚などを得手としていたのだが、近頃そこに強力な助っ人が現れた。

幸太郎である。十一歳の筆だからもちろん拙《つたな》さはあるものの、他の絵師にはない迫力と妙な生々しさがあると評判になった。生々しいのも当然だ。まさに「生もの」の幽霊たちの姿を目にしているのだから。

好評の第一弾に続き、第二弾の執筆で祖父は忙しく、当然、おけいの清書の筆も休む間がない。

「よし、できた」

まだ墨の乾かぬ最後の原稿を、清書済みの束の一番上に置いて立ち上がった途端、着物が気になった。弁慶縞《べんけいじま》の紬《つむぎ》は昨日から着の身着のまま。しかも、見苦しい座り皺《じわ》がついているのだが、ま、いいか、と裾を引っ張り、精一杯皺を伸ばした。

廊下に出ると、居間からは闊達《かったつ》な笑い声が鳴り響いてきた。その声に夢の中の「おけいっ」という叫び声が重なり、胸がしくりと痛んだ。

不意の痛みにしかと蓋《ふた》をし、

「お待たせっ」

声に精一杯の明るさをまとわせる。

「おう。出来上がったか」

勘助が朗《ほが》らかな笑みを向けた。九年前の火事で九つのおけいを救ってくれた筆屋の男は、今や地本問屋、万書堂富士屋《ばんしょどうふじや》の主人になっていた。無地と見紛う万筋《まんすじ》の着物は光の加減で深い銀鼠《ぎんねず》色に見える。それを黒の帯できりりと引き締めているのがなんとも粋《いき》だ。一見地味にも思えるが、切れ長の大きな目に通った鼻筋、となかなかの男前だから着飾りすぎれば却って嫌味になるだろう。

おけいが祖父の横に座すと、

「おめぇ、寝てたのかい」

ここ、と笑いながら勘助が自らの頬の辺りを指差した。

慌てて頬に右手をやると、でこぼことした畳の跡が触れた。頬がかっと熱くなる。

――姉ちゃん、顔が。

幸太郎の言葉が脳裏をよぎり、慌てて頬をこすったが消えてくれるわけがない。

「涎《よだれ》の跡もついてるぜ」

おかしさをこらえるように勘助が形のよい唇をひくひくさせた。十八歳の女がみっともねぇな、とその表情は語っている。畳の跡はともかく涎の跡を何で教えてくれなかったんだよ、と弟を呪《のろ》うがここにはいない。姉に叱《しか》られるのを察し、逃げたに違いなかった。

総身が火照《ほて》るような恥ずかしさをこらえつつ、拳《こぶし》で口元を拭《ぬぐ》う。

「これのせいで、昨日は寝てないんだよ」

ほら、とおけいは原稿の束《たば》を勘助に向かってぞんざいに差し出した。

それまで黙っていた祖父がおもむろに口を開く。

「寝られなかったのは、夕刻までふらふらしていたせいじゃねぇか」

苦虫を嚙《か》み潰したような顔になった。半白の太い眉《まゆ》に炯々《けいけい》とした大きな目は初対面の人には怖《こわ》がられるが、中身は存外に柔らかい。

「別にふらふらしてたわけじゃないよ。戯作《げさく》のネタを拾いにいってたんだ」

おけいが反駁《はんばく》すると、祖父は肩をすくめた。

「どうだか。またぞろ菊野屋《きくのや》で油を売ってたんじゃろう」

菊野屋というのは、おけいの幼馴染《おさななじみ》であるお奈津《なつ》の実家で、木挽町五丁目《こびきちょう》の芝居茶屋だ。

「何言ってんだい。そもそも祖父ちゃんの字がきったなくて読むのに苦労してるんだからねっ」

戯作者「寄木古茶」の悪筆を判読できるのは、妻であるおのぶ祖母《ばあ》ちゃんと孫の自分しかいない。だから、こうして清書をしているのだ。いつか祖父ちゃんのような戯作者になりたいと願うおけいにとって、よい鍛錬《たんれん》になっている。

「ほうか、ほうか。だったら、筆の早い弟子を取る――」

「まあまあ。古茶先生。こうして原稿が出来上がってるんですから」

勘助が苦笑しながら祖父と孫の喧嘩《けんか》を止めに入ったが、ふん、と祖父は鼻を鳴らした。

真っ白な総髪に利休茶《りきゅうちゃ》色の十徳《じっとく》と、なぜか老医師のような風体の祖父は、四十歳にして洒落本を刊行した遅咲きの戯作者だ。それまでは父親から受け継いだ茶問屋の主人との二足の草鞋《わらじ》を履《は》いていたのだが、息子が二十二歳のときに家業を譲り、ここ木挽町七丁目に夫婦で家移りしたそうだ。だが、悲しいことに、茶問屋を継いだ息子夫婦――つまりおけいの両親は隣の小間物問屋の火事に巻き込まれて死んだ。火の回りが早かったのは、春のならい風のせいだ。

それからもう九年が経ったのか。久方ぶりに見た火事の夢がまだ頭の中に残っているせいで勘助の顔を見るのがいささか気まずい。

燃え盛る家に近づいたおけいを火のついた木っ端が襲ったのだが、勘助が身を挺《てい》して守ってくれたのだった。お蔭でおけいは無傷だったが、代わりに勘助は背中に火傷《やけど》を負った。

それでも、勘助はおけいに怨言《えんげん》めいたことをいっぺんも吐いたことがない。昔も今もずっと優しい〝兄さん〟のままだ。

「確かに受け取りました」

と勘助が立ち上がるのに合わせ、

「そこまで送るよ」

おけいも腰を浮かせたが、いいよ、と大きな手で押し留められた。

「そんな顔じゃ、表に出られねぇだろう」

「こんなの別に気にしてないさ」

まだ火照りの残る頬をおけいが手でさすると、

「そんなふうだから、嫁の貰い手がねぇんだぜ」

勘助はおけいの額をすらりとした指で突いた。

あんたが貰ってくれないからだよ、と、ついこぼれ落ちそうな言葉を呑みこんで、

「あたしは嫁になんか行かない。戯作者になるんだから」

おけいは精一杯顎《あご》を反《そ》らした。

「まあ、戯作者になるには、恋のひとつも知らねぇとな」

勘助はつれない言葉を残し、そのまま廊下に出ていってしまった。

恋のひとつも——思いがけぬ捨てぜりふに、おけいがその場に立ちつくしていると、

「そういや、次に原稿を渡す日を聞いてなかったな。おけい」

追っかけて勘助に聞いてきな、と祖父が顎をしゃくった。おけいは黙って頷くと、廊下を打つ素っ気無い足音を慌てて追いかけた。


勘助と一緒に通りに出ると、黄色い斜陽に目を射貫かれた。おけいが寝不足でしょぼしょぼする目をしばたたいていると、勘助がぶっきらぼうに言った。

「昨夜、寝てねぇんだろ。ちゃんと布団の上で寝たほうがいいんじゃねぇか」

澄《す》んだ瞳《ひとみ》に点る温かい色から目を離し、

「大丈夫だよ。今から寝たら夜中に目が覚めちまうもん」

五尺八寸のすらりとした体軀《たいく》の横に並んだ。銀鼠色の肩とおけいの目の高さがちょうど同じくらいだ。この人にとって、あたしはいつまでも九歳の子どものままなのだ。だから素っ気無いくせに、時折、子どもをあやすかのように優しくなる。

「そういやそうだな。また、菊野屋に行くのか」

「うん。忙しいかもしれないけど、ちょっと覗《のぞ》いてみようかな」

「ま、お奈津はおめぇの姉さんみてぇなもんだからな」

木挽町の芝居茶屋の中でも、いっとう大きな菊野屋がお奈津の家だ。一人娘なので昨年、婿《むこ》を貰い、家業を継いでいた。亭主の卓次郎《たくじろう》は堺町《さかいちょう》の芝居茶屋の次男で、お奈津の一目惚《ぼ》れだったそうだ。

だが、三歳上の〝姉さん〟が人の女房になってしまったのはちょっぴり寂《さび》しい。

「それはそうと、幸太郎は大きくなったなぁ」

勘助がしみじみとした口調で話題を変える。

「そりゃそうさ。もう十一歳だもの」

九年前の火事の日、幸太郎は朝から機嫌が悪かった。三日ほど前から母親が風《か》邪《ぜ》をこじらせて臥《ふ》せっていたので寂しいのだろう、と家人は皆思っていた。朝からびぃびぃとうるさい弟に辟易《へきえき》し、おけいは祖父母の家へ逃げたのだが、夕方になると幸太郎の癇癪《かんしゃく》はひどくなった。ついには女中が背負って表に出たのだが、その間に出火したのだった。

人ならぬものの見える幸太郎のことだから、火事を予見していたのかもしれない。だが、生まれて一年と少しの赤ん坊にはそのことを伝える術《すべ》が無く、ただ泣くことしかできなかったのだ。

今でも思う。どうして幸太郎の訴えに気づかなかったのだろうと。

「そうか。年が巡るのは早ぇな」

勘助は呟くように言った後、そいじゃな、と手を振った。折悪しく芝居がはねたばかりで芝居小屋の木戸からは大勢の人が吐き出されていた。

森田《もりた》座の控櫓《ひかえやぐら》である河原崎《かわらざき》座では、鶴屋南北《つるやなんぼく》作の『天竺徳兵衛韓噺《てんじくとくべえいこくばなし》』が大当たり。初代尾上松助《おのえまつすけ》の水中早替わりを目当てに連日客が詰めかけているらしい。

その客たちで、通りはあっという間に芋《いも》の子を洗うような混雑になってしまった。その〝芋の子〟に押し流されていく万筋の背は斜光で輝いている。どれだけ大勢の人の中にいても自分はあの背を真っ先に見つけるだろう。揺れる銀鼠色の背に見惚《みと》れているうち、はっと思い出した。

期日のことを聞きそびれていた。これじゃ、まるで子どもの使いだ。

「勘助兄さん。待ってよ」

呼ぶ声にすぐさま勘助は振り返ったが、濃さを増した斜陽のせいでその顔はよく見えなかった。

「祖父ちゃんが、次の原稿はいつまでに上げればいいかって」

さらに声を高くすると、衆人の目が一斉にこちらを向いた。しょうがねぇな、とばかりに勘助が人を押しのけながら戻り、再びおけいの前に立った。

「急いでねぇからな。適当でいいさ」

「けど、いつ来るか決めてくれないとさ。清書だってしなくちゃいけないだろう」

すげない男に精一杯の寂しさを告げる。

「じゃあ、半月後に様子を見に来るよ」

「わかった。じゃあ、なるべく進めとく」

「頼むよ」

そいじゃな、と三度目の別れの言葉を告げ、夕刻と夜のあわいへ、銀鼠の背は去っていった。

おけいが思わず溜息をついたときだった。

「安房屋《あわや》さん、芝居はいかがでした」

聞き慣れた声がした。見れば、菊野屋の軒提灯《のきぢょうちん》の傍《そば》でお奈津が客と話している。卯の花色になよ竹の紋様を散らした着物に、紺の献上帯としっとりとした装いだ。

そんなお奈津に対しているのは雛《ひな》のような男女。

ことに女のほうは見惚れるほどに美しい。中着は濃い蘇芳《すおう》の無地で、外着は淡い藤色の地に萩《はぎ》の花。血の色にも形容される蘇芳を、こんなに品よく着こなせる女も珍しいが、それも透き通るような雪肌のためだろう。

「ええ、楽しゅうございました」

ねえ、一朗太《いちろうた》、と女が輝くばかりの笑顔を向けると、

「はい。さすがに評判の芝居でした。もういっぺん観たいですね」

男は色白の顔をほころばせた。こちらは、茶の棒縞に渋い鶯《うぐいす》色の帯。若いのに、茶を野暮《やぼ》ったくならずに着こなしている。

「でしたら、楽日にもう一度いらしたらいかがです。お席を取っておきましょうか」

「そうねぇ。父と相談してみます」

お奈津の勧めに女は微笑《ほほえ》みを返し、会釈をして男と去っていった。

客の姿が人混みに紛れるのを見届けてから、

「お奈津っちゃん」

おけいは幼馴染に近づいた。

「何だ。おけいじゃないか」

途端に砕けた調子になったが、こちらが地なのだ。菊野屋のお奈津と言えば、かつては芝居町では有名な莫連女《ばくれんおんな》だった。高く巻き上げたばいまげに、襟《えり》を大きく抜いた派手な着物をぞろりとまとい、長煙管《ながぎせる》を吹かしながら肩で風を切ってこの辺りを歩いていた。

「忙しそうだね」

「うん。これも南北センセイのお蔭だわね」

小屋の前には役者の名が染め抜かれた幟《のぼり》がずらりと立てられ、誇らしげに夕風に揺れている。芝居の見物客が二階の桟敷《さじき》席に座るには茶屋を通さねばならない。畢竟《ひっきょう》、芝居の当たり外れは芝居茶屋にそのまま跳ね返る。

「そんなに面白いの？」

「ああ、面白いよ。一度見た客が二度、三度って押しかけてるね。そうそう、さっきの安房屋さんとこのきょうだいも、もういっぺん観たいって言ってたし」

「さっきの二人、きょうだいなの？」

そう言えば、女のほうが「一朗太」と呼び捨てにしていた。

「ああ、そうさ、姉と弟。雛人形みたいだったろう？」

「うん。ことに姉さんのほうはちょっと見ないくらい綺麗だった」

「小雪《こゆき》さんっていうんだ。確かに並外れて綺麗だけど、もう二十歳《はたち》だっていうのに嫁に行ってないいんだ。美貌も過ぎると行き遅れるのかねぇ。ほらここにも」

そうなりそうなのがいる、とお奈津はおけいの額《ひたい》を指で突いた。幼い頃には、でこちゃん、とからかわれた丸い額をおけいは結構気にしている。

「なんだい」と突かれた額を右手で押さえた。「皮肉も過ぎると傷つくんだよ」

「皮肉じゃないよ。まあ、安房屋の娘ほどじゃないけどさ。あんたも満更じゃないよ。うちの亭主が、あんたさえその気なら幾らでもいい相手を紹介するって」

お奈津は大口を開けて笑った。そんなお奈津こそ綺麗だ。いや、好いた男と一緒になってからますます綺麗になった。内側から潤って、頬なんて水を弾きそうじゃないか。それに比べ、あたしは――まだでこぼこしている右頬をおけいは指でなぞった。

「ふん。あたしは戯作者になるまで嫁になんか行かないよ」

「また徹夜かえ」

切れ長の目がおけいの右頬に向いた。笑いをこらえるように唇の右端が上がっている。

「そうだよ。ったく祖父ちゃんの悪筆には辟易するよ」

「けど、楽しいんだろ」

お奈津がついにくすりと笑った。

「まあね」

「まあ、そのうち、戯作者の女房でもいいっていう奇特な男が現れるさ」

勘助さんなんていいんじゃないかい、と図星を指され、心の臓が飛び跳ねる。

「あんな朴念仁《ぼくねんじん》、こっちからお断りだよ」

高く鳴り出した胸の音が聞こえないように声を大きくし、せいぜい虚勢を張った。

「そう。お似合いのように思うけどね」

「似合いなもんか」

わざと吐き捨てるように言った後、それよりさ、とおけいはさり気なく話題を変えた。

「さっきの小雪って娘だけど、どうして嫁に行かないんだい」

安房屋と言えば大伝馬町《おおでんまちよう》の大きな油問屋だ。縁談なんて降るようにあるだろうに。

「聞いた話じゃ、小雪さん自身が縁談を断ってるようだよ。高望みなんじゃないかねぇ」

確かにあの類まれなる美貌なら、良縁をどれだけ望んでも望みすぎるということはないのだろう。ただ、女にはどうしたって旬がある。売れ時は十七か八。二十歳を過ぎれば年増《としま》と呼ばれ、いい縁談は遠のくものだ。

「ああ、そうそう。安房屋のご主人が手放さないって話もあるよ」

思い出したようにお奈津が言った。

「ご主人って、父親がかい」

「これも噂だけど、小雪さんは妾腹《めかけばら》なんだって。何でも、亡き妾が小雪さんに生き写しらしいよ」

「何、それ。気味が悪いよ」

「まあ、人は他人のことを面白おかしく言いたいものなんだよ。しかも、その相手が大店《おおだな》の美貌の娘とあっちゃ、なおさらね。何でも持ってる人間は妬《ねた》まれやすいから。まあ、人の不幸を笑ってる人間はこの世にごまんといる」

青眉を寄せ、お奈津は肩をすくめた。

「ああ、お内儀《かみ》さん。こんなところで何やってるんですか」

菊野屋の手代である。

「ごめん、ごめん。すぐ行く」

おけい、また今度ね、とお奈津は片手拝みをすると、若い手代と一緒に店の中へと消えた。

人の不幸を笑ってるか——呟くと、夢に現れた少女の笑みが脳裏に浮かんだ。

火事を見て笑っていた少女。あの子はたぶん科人《とがにん》だったのだろう。

後で聞いたところによると、火元の小間物問屋に火を付けたのは十三歳の少女だったそうだ。店とは何の関わりもない、呉服屋の娘だったという。火付けは重罪だが、十五歳以下なので死罪にはならず、遠島刑が執行されるまでどこかの寺に預けられたと仄聞《そくぶん》している。

むしゃくしゃして火を付けた。

お調べに対して少女はそんなふうに語ったという。

だが、本当にそうだろうか。むしゃくしゃして火を付けた娘があんなふうに笑えるだろうか。なぜ、あの娘は燃え盛る炎を見て笑っていたのか。笑顔の裏に隠された少女の心の中を知りたい。そうでなければ両親は浮かばれない。

でも、あの子の行方を知ろうにも知る術《すべ》はなかった。生きているのかも死んでいるのかもわからない。大店の娘だったという話だからまんまと刑を逃れ、人を焼き殺していながら、すぐそこでのうのうと暮らしているのかもしれない。

だが、胸にこびりついているのは少女のことだけじゃない。

火傷を負わせてしまった勘助への後ろめたさだ。その後ろめたさを拭い去りたくて、自分はいつか戯作者になって本を出したいと思っているのかもしれない。それもすごく売れる本を。

勘助は苦労人だ。両親を亡くし、寺で養われたという。寺を出た後は九つで筆屋に奉公し、そこで商いを覚え、筆屋の主人の善意もあって、二十歳のときに小さな筆屋を始めたそうだ。そうしてこつこつと金を貯め、足を使い、人とのつながりを作った。祖父の茶太郎も最初は筆屋の客だった。若者の持参する質のよい筆に惚《ほ》れ、若者自身の実直さにも惚れた物書きや絵描きは、祖父以外にもたくさんいたのだろう。

勘助は三十歳で万書堂富士屋の看板を掲げることになったのだ。

その看板をもっともっと大きくする助けをしたい。

あたしの胸にある、甘くほろ苦いものは。

好いた惚れたじゃなく、恩返し。

暮れ方の芝居町には蒼い宵闇《よいやみ》が降り始めていた。夕潮を微《かす》かに含んだ初秋の風がおけいの頬を撫でていく。

おけいは顔を上げて、夜の色に染まり始めた芝居町を我が家へ向かって駆け出した。

二

此の世のなごり。世もなごり。死にに行く身をたとふれば、あだしが原の道の霜。一足づゝに消えて行く――

「なんだい。姉ちゃん。辛気くせぇなぁ。曽根崎心中《そねざきしんじゆう》なんて口ずさんでさ」

背後で幸太郎の声がして、我に返った。

「そっちこそ、なんだい。入るんなら入るって声かけなよ」

文句を言いながら、おけいは冊子を広げたまま文机の上にばさりと置いた。

近松門左衛門《ちかまつもんざえもん》の『曽根崎心中』である。人形浄瑠璃《じようるり》として書かれたものらしいが、その後、人気を博し、江戸中村座でもかぶき狂言として上演されたという。

だが、そのうちに心中物はお上に禁じられるようになってしまった。心中する男女が相次いだからだ。

　この作品が世の人々に影響を与えたのは、情死が美しいものとして描かれているからだとおけいは思う。近松の文体は美しい。ことに「道行」の場面はそらんじているくらいだ。

　草も木も。空もなごりと見上ぐれば。雲心なき水の音。北斗はさえて影映る、星の妹背《いもせ》の天の川。

「なあんて、滅法界《めっぽうかい》、綺麗な情景が思い浮かぶじゃないか」

　前に座った弟に向かって反論する。

「綺麗ねえ。けど、最期は悲惨だぜ。『剃刀《かみそり》取って喉に突き立て、柄も折れよ刃も砕けとえぐり』だもんな」

　幸太郎が黒眸《め》がちの目を大きく見開いた。

「あんた、よく憶えてるわね」

「憶えてないよ。今、ちらりと見たんだ」

　置いた冊子は最後の丁が開かれている。

　幸太郎は目もいいし、もの覚えもいい。だから、人には見えぬものが見えるのかもしれない。そう考えたら俄《にわ》かに背中の辺りがぞくぞくし、おけいは反故紙《ほごし》の散らかった部屋を眺め回した。

「まさか、今もここに何かいるんじゃないだろうね」

「いないよ。あの人たちは、姉ちゃんみたいな人のところにはあまり来ないんだ」

あはは、と笑う顔はまだまだ幼い。前髪を残した額も桜色の頬もすべすべで、にきびとは無縁だ。小ぶりな鼻に赤い唇、奥二重のつぶらな眸《ひとみ》はことのほか可愛らしく、女だったらさぞ器量よしと騒がれただろう。何より母親似の細面《ほそおもて》が羨《うらや》ましい。お月さまみたいな己の顔とそっくりそのまま取り替えて欲しいくらいだ。

「あたしみたいな人ってどんな人だよ」

「なんだろうな。言葉にするのは難しいけど。まあ、姉ちゃんみたいな人だよ」

よくわからないが、何だか馬鹿にされているような気がする。

「じゃあ、何であんたのところには来るのさ」

「たぶん、見えるからだろうな。見えるから、現れる」

今度は神妙な面持ちになった。と思ったのも束の間、くしゃりと笑み崩れた。

「だから、姉ちゃんの部屋にいると、何だか楽なんだ」

幸太郎は寝転がって目を閉じた。

──いやだぁ。姉ちゃんといっしょがいい。姉ちゃんと寝る。

つい数年前まで、夜闇が庭に降りてくる頃になると幸太郎は癇癪を起こし、祖母のおのぶを困らせた。そのときは眠くて愚図《ぐず》っているのだろうと思ったが、今ならその理由がわかる。

人ならぬものが集まってくるのが嫌だったのだ。でも、幸太郎が今言ったように、おけいのところにそういうものは寄ってこない。だから、幼い弟は心安くいられたのだろう。

目がよすぎるってことは、いや、何でも「過ぎる」ってことは、いいことばかりじゃないいんだな。

「ねえ、幸ちゃん。挿絵のほうは進んでるの」

何だか優しい気持ちになって、寝転がった弟の前髪を直してやる。

「いや、進んでない」

目を閉じたままあっさりと答える。

「どうしてさ。祖父ちゃんが言うには、原稿はもう半分のところまでは来てるってよ」

「何だかさ、気が乗らないっていうか、あまり筆が進まないんだ。まあ、差し迫ってからやるさ。どうせ、おれは筆が速いし」

うるさい、とばかりに体勢を変え、姉に背を向けた。

そうなのだ。見た目の可愛らしさについほだされてしまうのだが、実は鼻持ちならない生意気な奴だった。

——きらめく十一歳の才！

なんぞと世間様からちやほやされ、その挙句《あげく》に、

——姉ちゃんより、早く世に出てやったぜ。

自慢げに鼻を膨《ふく》らませていたのだ。

「何言ってんだい」と天狗の鼻を指で弾いてやった。「挿絵ができないと、せっかくの続編も開板《かいはん》にならないんだからね」

「てっ！　何しやがんだ」

鼻を押さえ、伝法な口調で起き上がった。

「怠《なま》けてるからだよ。あたしなんか、寝ずに清書してたのにさ」

「そりゃ、姉ちゃんの要領が悪いからだろうよ」

奥二重の目がきゅっと吊り上がる。まことに可愛くない。

「何だって！　もういっぺん言ってみな」

「ああ、何遍だって言うさ。姉ちゃんはのろまなんだよ。すぐにぽーっとして別の世界に行っちまうし。今だって近松を読みながら、勘助さんのことでも考えてたんだろうよ」

　頬がかっと熱くなった。

「へっ、図星か。十八にもなって何してんだか」

　口を歪《ゆが》めた意地悪そうな顔に腹が立ち、

「な、何よ。あんな朴念仁のことなんか、なんとも思ってないからね」

　子ども相手についむきになる。

「朴念仁ねぇ。そう思ってるのは、姉ちゃんだけかもよ」

「どういうことさ」

「どうもこうもないさ。勘助さんも三十二歳の男だってことだよ。こないだ、万書堂の近くを通りかかったんだけどさ。滅法界《めっぽうかい》綺麗な娘と歩いてたよ」

　こぉーんなに鼻の下を伸ばしてさ、と幸太郎は鼻の下に指を当てた。

　頭の中が空っぽになったような気がした。おけいが言葉を失っていると、

「ぼんやりしてると取られちまうぞ」

　のろまのお姉、と捨てぜりふを残して幸太郎は部屋を飛び出していった。

滅法界綺麗な娘——空になった頭の中で弟の言だけがぐるぐると廻っている。落ち着け、と声に出して両手で頰を叩けばようやく冷静になれた。

よく考えれば三十二歳の勘助に女の影がないほうがおかしかった。するとと、胸の辺りが締め付けられたように苦しくなった。おけいにも、今まで縁談がなかったわけじゃない。祖母のおのぶからそれとなく打診されたこともあったがすべて断ってきた。

おけいは自らの胸に手を当てた。

一緒になれなくたっていい。あたしは、売れる本を書いて勘助に恩返しをするんだ。

小さく息を吐くと、最後の丁が開かれたままの『曽根崎心中』を見下ろした。元禄《げんろく》十六（一七〇三）年。大坂曽根崎天神の森で男女が心中をした事件に材を取り、近松はこの浄瑠璃本を書いた。徳兵衛《とくべえ》もお初《はつ》も元禄の世を確かに生きていた。その事実があるから、二人が交わす言葉が胸に迫り、天神の森も生き生きと眼裏に浮かぶのだ。

祖父が次の原稿を仕上げれば、おけいもまた清書で忙しくなってしまう。庭を見れば、山茶花《さざんか》のつややかな葉が秋の陽を弾き返している。夕刻にはまだ間がある。

おけいは立ち上がると勢いよく部屋を出た。

さて、どこにネタを拾いに行こうかと考えて、真っ先に思い浮かぶのは、やはりお奈津のところである。芝居茶屋の内儀の許には様々な話が転がり込むのだ。だが、昨日はずいぶんと忙しそうだったから、いきなり押しかけたら迷惑だろうか。逡巡《しゅんじゅん》する足は芝居小屋の前を通り過ぎ、木挽橋のほうへと進んだ。堀の向こう側にはかつて自宅のあった加賀町がある。

久方ぶりに行ってみようか、と思いながらもおけいの足は橋の西袂で止まった。堀の水には秋の空がぼんやりと映し出され、薄い雲がゆっくりと藍色の水面を動いていた。

おけいの中であの火事は色々な意味で終わっていない。

火事が両親の命を奪ったからなのか。あるいは、大切な人の背に一生消えぬ刻印を焼き付けてしまったからなのか。それとも、炎の中で見た少女の美しくも恐ろしい笑みのせいなのか。

ともかく、未だおけいの心の底で炎はぶすぶすと嫌な音を立ててくすぶっているのだ。

太息を吐き出したときだった。

木挽橋の向こう側。堀端で腰を屈め、うろうろとしている老人が目に入った。落とし物でも捜しているのかもしれない、と思うと今まで躊躇《ちゅうちょ》していたおけいの下駄は橋板を踏んでいた。

「おじいさん、どうしたんですか」

背後から声を掛けると、老人は弾かれたように立ち上がった。

「おお、たまげた」

小柄でも貧相に見えぬのは肌の色艶《いろつや》がよいからだろう。加えて、滝縞の着物も黒の絽《ろ》羽織も見るからに仕立てがよい。武士の佇《たたず》まいだが無腰である。旗本のご隠居ってところだろうか。

「ごめんなさい。いきなり声を掛けちゃって。困ってるふうだったから。落し物でもしたんですか」

「ああ、紙入れを落としてしまったみたいでの。金と薬が少々」

老人は髷と同じく半白の眉を僅かにひそめた。顔も体つきもちんまりしていて何だか可愛らしいじじいさまだ。

「どんなの？」

その物言いにつられ、おけいの口調はざっかけないものになったが、老人は気にするふうがない。

「黒の紬だ。端が擦り切れた古いものだが、人からもらった大事なものでの」

「わかった。一緒に探してやるよ」

あたし目がいいからさ、とおけいは老人の返答も聞かず、堀に沿って歩き出した。

風が立ち、堀の水のにおいが鼻をかすめる。あと一刻もすれば陽は翳《かげ》り、黒の紙入れは薄闇に紛れてしまうだろう。それに、人の多い芝居町のことだから巾着《きんちゃく》切りも闊歩《かっぽ》している。落としたのではなく掏《す》られたのかもしれない。

「おじいさん、芝居の帰りなのかい」

まだ芝居の終わる刻限ではないが、と思いつつ暗い柳の根元を捜しながら問う。

「いや、将棋の帰りだ」

ほら、と老人は木挽橋の向こうを目で指した。

「ああ、湯屋だね」

芝居町には〈天の湯〉という、たいそうな名の湯屋がある。普通の湯屋では男湯だけが二階に休息所を設けているそうだが、天の湯はそれとは別に男女関係なく茶を飲める座敷が別棟にある。ただで麦湯も飲めるし、将棋や囲碁もできる。湯に浸からない客も中にはいるそうだから、天の湯の主人はなかなかの太っ腹だ。祖父は執筆に詰まると気散じに赴いているようだ。

「だったら、落としたんじゃなく、湯屋で掏られたのかもよ」

湯屋は物盗りの稼ぎ場でもある。一応、天の湯には鍵のついた着物棚もあるけれど、大抵の人間は盗まれてもいいような古い着物を着ていくし、余分な金も持っていかない。だが、このじいさまときたら。いかにも上物の羽織姿じゃ、ぜひ盗ってくださいと言わんばかりではないか。

「落としたとしたらこの辺りなのかい」

「いや、わからん。気づいたら無かったのだ」

じいさまが鷹揚《おうよう》な口調で答える。

「わかった。そいじゃ、おじいさんはこの辺を捜してて、あたしはあっちを見てくる」

黒の古い紙入れだね、と確かめるとおけいは元来た道を引き返した。芝居が終われば、小屋から大勢の人が吐き出される。早くしなくちゃ、と橋を渡って天の湯のほうへと歩きかけたときだった。

よろけ縞の着物姿の男が、柳の木の根元に何かを捨てるのが見えた。

急いで近づいてみると、それは黒紬の紙入れだった。端が擦り切れ、ずいぶんとくたびれている。開けると空っぽだった。

「そこのおにいさん、落とし物だよっ！」

大声で呼び止めると、弾かれたように男が振り返った。

「これ、おにいさんが落としたの見たよ。それとも」

中身だけ抜いたのかい、とおけいが近寄ると、男は脱兎のごとく駆け出した。

「その男、捕まえて！　掏摸《すり》だ！　泥棒だよ！」

大声を張り上げれば、そこはさすがに芝居町。どこからか屈強な男が飛び出してきて、すぐに男を羽交《はが》い絞めにした。

「ああ、気風のいい声だと思ったら、おけいちゃんじゃねぇか」

顔見知りの木戸番、権太郎《ごんたろう》だった。芝居小屋の前に立つ木戸番は大柄で強面《こわもて》の男が多い。ただで芝居を観ようという不埒《ふらち》な輩《やから》に睨《にら》みを利かせるためだ。その木戸番にがっちりと捕らえられ、観念したのか、男は暴れることもなく肩を落としていた。

「権さん。ありがとう。そいつ、怪しいんだ。すぐ自身番に――」

と、おけいの声に高らかな哄笑《こうしょう》が覆いかぶさった。

振り返ると、羽織姿の老人が大口を開け、気持ちよさそうに笑っていた。


「さ、遠慮なくお食べ」

にこやかに勧めると、老人は黒蜜と黄な粉のたっぷりかかった葛《くず》きりを、美味《うま》そうに口に入れた。

黒の紙入れはやはり老人のものだった。自身番に引っ立てられた掏摸の男曰く
「中には薬と二朱程度しか入っていなかったが、とりあえず中身だけ抜き、ぼろぼろだった紙入れは捨てた」とのことだった。その場ですぐに金と薬を返してもらい、後はよしなに、と老人はおけいと一緒に芝居町の自身番を出たのである。

その後、礼をしたいという老人の意向で、天の湯から目と鼻の先の〈村雨《むらさめ》〉という甘味処に来ているのだった。半端な刻限だからだろう、小さな店には他に一組の老夫婦がいるだけだ。

「いただきます」

おけいも両手を合わせて口に運んだ。つるりとして喉越しがよいだけじゃない。

しっかりと歯ごたえもある。

「おいしい！」

思わず声を上げると、

「ここの葛は本物だからな」

老人は破顔した。

茶を運んできた三十代半ばくらいの女将《おかみ》が「あら、ありがとうございます」とにっこり微笑む。暖簾と同色の鶯色の着物が色白の肌によく映えている。綺麗な女将は、ごゆっくり、と言い置いて長暖簾の奥へと姿を消した。

「本物じゃない葛なんてあるのかい」

女将が去ってから小さな声で訊く。

「あるある。甘藷《かんしょ》からも作れるからの。よい葛を作るには手間暇がかかる。葛だけではない。世の中は常に紛《まが》い物と本物が交じり合っておる。まあ、紛い物が悪いとは限らんがな。いや、立派な紛い物もある」

「紛い物でもいいってこと？」

「うむ。甘藷から作った〝くずきり〟も悪くはない」

呵々《かか》と笑う。

甘諸から作ったら〝葛きり〟とは言わないとは思うが、それにしてもよく笑うじいさまだ。

「ねえ、おじいさんは、お武家のご隠居さんなのかい」

「ご隠居——ふむ、そんなものかの」

「名は？　何て呼べばいいかな」

「まあ、銕蔵《てつぞう》とでも呼んでくれればよい」

「てつぞう？　くろがねの銕？」

「そうだ」

「わかった。銕蔵じいさんじゃ、まだるっこしいから〝てつじい〟でいい？」

「〝てつじい〟か。それは重畳《ちょうじょう》」

からからと笑った。

「で、てつじいは暇《ひま》なのかい？」

本物の葛きりをすりながら問う。

「ん？　まあ、暇なこともあるが。なぜ、さようなことを訊く？」

「湯屋で将棋を指してた、って言ったから」

「なるほど。確かにあそこはなかなかよいな。暇つぶしもできるし、何より色々な話が聞けるからの」

「色々な話？」

「そうだ。亭主の悪口、どこそこの美味いもの、怪異譚に人情話。実に面白い。おまえさんは行ったことがないのかの」

てつじいは口元の蜜を懐紙で拭った。

「うん。ないね。湯屋には行くけどさ。休息所はじじいばっかりで何となく行きづらい」

でも、祖父がよく湯屋へ行くわけはわかった。

「だが、じじいは案外ものを知っておるぞ」

「てつじいみたいに？」

「わしか？」

「うん。だって、紛い物でもいいとかさ。そんなことなかなか言わないよ」

世辞ではない。何だか目の曇りが拭われるようだった。

「おまえは、なかなか面白い女子《おなご》だな」

「まあ、祖父ちゃんが変だからね。茶問屋の主人だったのに、四十になって戯作者になったような人だから」

「四十で、戯作者──ということは」

「知ってるの？」

「おお、知ってるとも。寄木古茶だな。そうそう『雪姫道中奇談』は面白かったぞ。幽霊譚を書かせたら、古茶は天下一だの」

箸《はし》を持ったまま、てつじいは子どものように目を輝かせた。戯作者としての祖父を褒《ほ》められるのはやはり嬉しい。

「どこが面白かった？」

「旅の途中、泊まった空き家で雪姫が知恵を働かせて幽霊を追い払うところが面白かったな。庭のどこそこから幽霊が出てくるだろう。踏み石から真っ黒な影が立ち上がるところなぞ、どきりとしたわ」

うん。踏み石の影はあたしも秀逸だと思った。

「そうそう。此度は孫の手による挿絵もよかった」

ああ、やっぱり幸太郎か。今ここにいたら、鼻が天井に届くほどになってしまうんだろうな。少しばかり悔しくておけいが黙っていると、

「で、おまえも何か書いておるのだろう」

てつじいが柔らかな口調で話題を変えた。

「どうしてわかるんだい」

「湯屋で色々な話が聞ける、とわしが言った途端、目が輝いたからだ」

おっとりしていると思ったが、案外にそうでもないらしい。

「そうだよ。ただ、まだ祖父ちゃんの清書しかしてないけどね。でも、いつかは面白い読本を世に出してみたい」

「なるほど。で、おまえは女の身でどうして戯作者になりたいのかの」

てつじいはにこにこしながら問いを重ねた。

「それは――」

簡単に言えることではなかった。もちろん、身近に戯作者がいるというのが大きいのだろう。だが、それだけではない。心の中で未だくすぶっている火が、ものを書きなさいとおけいに働きかけているように思う。

胸底のわだかまりを誰かに打ち明けたことはないから、上手く語れるかどうか自信はないが――

おけいは居住まいを正した。

「九年前、加賀町で火事があったのを知ってる?」

「九年前――ああ、知っておる。確か、科人が十三歳の娘だったな。そのせいか、読売でもあることないこと、書かれておったのを覚えておる」

それがどうしたのだ、とてつじいは眉をひそめた。

「あたしの家、その火事に巻き込まれたんだ。で、おとっつぁんとおっかさんが死んだ」

短い沈黙の後、てつじいは壊れ物をそっと差し出すように言った。

「それは気の毒だったな」

「うん。つらかった」

家が燃えているのを見ながら、何もできない自分自身が情けなかった。嘲笑《あざわら》うように舌を出した真っ赤な炎を思い出すと、今でも煙に燻されたように息苦しくなる。

「おまえは、その少女が今でも憎いのか」

てつじいが神妙な声で問うた。

もちろん、憎い。あの少女が火付けをしなければ、父も母も亡くなることはなかったのだから。だが、おけいの心に引っ掛かっているのは、それだけではない。

「あたし、その子を現場で見たんだ。しかも、笑ってた」

嬉しそうに。楽しそうに。いや、幸福そうに。

人を焼き殺して、どうしてあんなふうに笑っていられるのか、おけいには皆目わからない。わからないから恐ろしいし、気持ちが悪い。

ふむ、と顎に手を当て、てつじいは思案していたが、

「火付けの科人が現場に戻ってくるというのは、よくあることでな」

火を付ける動機は色々だ。だが、燃えているところを見たい、というのは火付けをした者の多くに見られる心持ちなのだという。ことに、火付けそのものが動機になった場合は必ずと言っていいほど科人は現場に戻る。

「火付けそのものが？」

「そうだ。誰かが憎い、とか、ではなく、ただ単純に火事で家が燃えているところを見たいといった場合だ。おまえの両親が亡くなった火事は〝むしゃくしゃしたから〟というのが理由だったと憶えているが。他にこんな火付けもある」

天明《てんめい》五年（一七八五）の五月のことだったという。伝馬町《てんまちょう》の医師宅で下働きをしていた、十四歳の少女が隣の家の屋根に火を付けたそうだ。二階の窓から火入れの火を火箸で投げたらしい。ただ、隣家の家人がすぐに気づき、柿葺《こけらぶ》きの屋根を三寸四方焼いただけで済んだ。すぐに医師宅が怪しいということで、その少女は捕まった。だが、その動機に周囲の大人たちは驚いたという。物盗りでも隣家

への恨みでもなかった。

「ただ、火消を見たかったそうだ」

「火消を？」

「そうだ。以前に火事を見た際、火消が来たのが面白かった、と少女は言った。南風の強い日だったそうでな。だから、これなら火事になる、と思ったらしい」

ああ、今日は生ぬるい南風だ。あの火事の日と同じ南風だ。

屋根に上った纏《まとい》持ちのいなせで格好よかったこと。大きな声の気持ちよかったこと。

ああ、もう一度見たい。火消たちの威勢のいい声が聞きたい。

もう一度、火事が起これぱいいのに。

そうか。火事を起こせばいいんだ――

「ひどい」とおけいは床を拳で叩いていた。「そんな身勝手な理由で、他所の家に火を付けるなんて――」

「ああ、そうだ。なんとも身勝手なことだ。ただ、その少女の中では筋が通っているのだよ。憧れの火消を見たいから火を付ければいい、とな。だが、九年前の、おまえの実家が巻き込まれた火事はちと違うな」

どこが違うというのだ。身勝手という点では同じではないか。

「むしゃくしゃ、したから、というのは実に曖昧《あいまい》だ。何もないのに人はむしゃくしゃはせぬ。だが、何にむしゃくしゃしたのか、何が不満だったのか、町方役人がそこまで吟味しているかどうかはわからぬがな」

科人が罪をやったと認めれば、それで吟味は終わるのか。

「火消が見たいと言って火を付けた子も、火事を見て笑ってたのかな」

皆が必死に火を消すのをどこかでこっそり見ながら、ほくそ笑んでいたのかもしれない。

「ふむ、そこまではわからんな。だが、聞いたところでは、その少女も平然と消火を手伝っていたようじゃ。心の中まではわからぬが、もしかしたら、火消が来なくて残念だと思いながら桶に水を汲んでいたかもしれん」

あまりのことにおけいは絶句した。

「あくまでも推測じゃ。だが、話を聞いておまえが戯作者になりたいわけはわかった」

そこで、てつじいは言葉を切った。おけいをしばらく見つめた後、ゆっくりと口を開いた。

「おまえは見えぬものを見たいのだろうな」

「見えぬもの——」

「そう。ここにあるものだ」

てつじいは黒羽織の胸に手を当てた。

人の心だ。

顔では笑っていても、本当はひどく悲しいこともある。その反対に、悲しそうな顔をしていても、胸裏ではほくそ笑んでいることも。だから、人の心は厄介《やっかい》なのだ。

「人の心は見えぬ。おまえは、その見えぬものを見ようとしている。そして、それを言葉にしたいのだろう」

てつじいの言葉に胸を衝《つ》かれた。その通りだ。

むしゃくしゃしたから小間物問屋に火を付けた。それだけの理由であんな嬉しそうに笑っていられるだろうか。あの笑みの裏にあったものを知りたい。両親を焼き殺した原因になったものを知りたい。

だが、あの少女は今頃どこでどうしているのか。

「ねえ、てつじい。九年前の火事で捕らえられた娘はどうしていると思う?」

「さあ。わしにもそれはわからん。ただ、十五歳以下は死罪にはならん。御定法《ごじょうほう》通りなら親戚《しんせき》かどこかに預けられ、十五歳になったら島流しだ。だが、飽くまでも御定法通りなら、ということだ」

「ってことは、そうじゃないこともあるのかい」

「うむ。裁くほうも人だからの。酌量することもある」

つまり、あの娘は遠島を免れたかもしれない、ということだ。

「ただ」とてつじいが神妙な顔になった。「九年前の火事にあまり囚われるのは、やめたほうがよいな」

「どうして？」

「後ろばかりを見ていると、前を向けなくなってしまうからだ」

胸がずきりと痛んだ。

だから、おまえは十八歳にもなって嫁にも行けず何にもなれず、ただ祖父の清書をしているだけなのだ。そう言われたような気がした。

「わしは迷ったら――」

てつじいは湯飲みを置いた。真っ直ぐにおけいを見る。

「天を見ることにしている」

「天を見る――」

「天に判断を仰ぐのだよ」

「それは神さまってことなのかな」

神さまに進むべき道を判じてもらう。

「似ているようだが、ちと違うな。天とは言い換えれば世の中、と言えるかもしれん。己が今為《な》そうとしていることが、世の中のためになっているか否《いな》か考える」

言っていることはわかるけれど、話が大きすぎる。

「世の中のためなんて今まで考えたこともない。そもそも、あたしに、そんなたいそうなことはできないよ」

「いや、できる。少なくとも、わしの紙入れを見つけてくれた」

「そうだけど。でも、戯作をすることが世の中のためになるなんて――」

「なるかもしれぬ」

てつじいはおけいの頼りない言をきっぱりと打ち消した。

「人の心は見えぬ。両親を亡くした火事でおまえはそのことに気づいた。その見えぬものを言葉にし、世に出すことで、何かを感じる人間がおるかもしれぬ」

「あたしの言葉で？」

「うむ、そうだ。少なくとも、わしは感じた。火事の科人をただ罰するのではなく、その心を知りたい、と願うおまえの思いに、心の曇りを拭《ぬぐ》われた」

「そんなたいそうなことじゃないよ」

おけいは首を横に振った。あたしこそ、この老人のお蔭で目の曇りが拭われ、胸のつかえが少しばかり取れたような気がする。

見えぬものを言葉にする。それがあたしの戯作だ。

胸の中でなぞると、それが正しい答えのように思えてきた。

「ま、よい。ともかく、おまえは戯作者になりたいのだろう」

てつじいの目が弓形にたわんだ。鷹揚なご隠居の顔になる。

「うん、なりたい」

それははっきりとしている。

「だったら、とりあえず、何でもよいから書いてみることだ」

「何でもよいから？」

「そうだ。先ずは筆を動かしてごらん。そうするうちに、思いがけぬことに気づくかもしれん」

自分に言い聞かせるような物言いだった。

「てつじいも、何かを書いてるのかい」

「そうだな。日記のようなものは書いておるな。わしは地獄耳での。この耳にはたくさんの話が入ってくるのだ。もう、ずいぶんと書き溜まったぞ」

さながら耳嚢《みみぶくろ》だな、と自慢げに黒羽織の胸を張る。

耳嚢か。それはいい。その耳が拾ったものをたくさん聞きたい。

「てつじいに会いたいときは、天の湯に行けばいい？」

「そうだな。いつもというわけではないが、湯屋に足繁く通えば会えるかもしれん」

「何だよ。もったいぶって」

つい伝法《でんぼう》な口調になった。

「何だ、そのふくれっ面は。子どもみたいだぞ」

「だって、会えるかもしれん、だなんて」

「容易《たやす》く会えたら面白くないだろう。人生は交わったり離れたりするから面白い。戯作だってそうだろう。好いた者同士がくっつきそうでくっつかない」

呵々と笑う。

「ああ、あるある。けど、そういう話はいらいらするんだ。あたしはせっかちだからさ」

「そうか。せっかちか。まあ、せっかちというより向こう見ずだな。ただ、そのお蔭でわしの大事な紙入れが戻ってきた」

てつじいは笑ったまま懐を押さえた。

向こう見ず――その言葉がちくりと胸を刺した。そのせいであたしは勘助を傷つけてしまったのだ。

しゅんとしたおけいの様子に気づいたのか、

「そうそう。湯屋だけではなく、ここにもよく来るぞ。何しろ」

本物の葛きりを出す店だからの、とてつじいは残った葛きりを実に美味そうに口に運んだ。話に夢中になって、おけいの箸は途中から進んでいなかった。黄な粉と黒蜜がすっかり混じり合った葛きりを掬《すく》う。

「じゃ、ここにも顔を出してみるよ」

喉をつるんと伝い落ちた葛きりは、甘いはずなのにどこかほろ苦かった。

三

「で、そのおじいさんにはその後、会えたの？」

菊野屋の二階の小座敷で、お奈津が青眉をひそめた。三味の音が初秋の風と共にちんとんしゃらりと流れ込んでくる。

「それがなかなか会えないんだ」

てつじいに会ってから既に十日が経っている。幸い、と言っていいのかわからないが、祖父の筆が遅く、おけいの手も空いているので、せっせと湯屋の休息所や甘味処を覗いてみたのだけれど、ちんまりした姿は一度も見かけなかった。

鬱々《うつうつ》していたところへ、茶でも飲みにおいでよ、というお奈津の誘い——知らせに来たのは店の小僧だけれど——があったのでいそいそと出向いたのである。

「でも、その方、結構な身分の方じゃないかしら」

たおやかに話すのはお奈津と仲のよいお美緒《みお》である。深川佐賀町《ふかがわさがちょう》にある紫雲寺《しうんじ》という一向宗《いっこうしゅう》の寺の娘なのだが、美しい上に人柄もいい。だが、二十三歳にしてどこにも嫁していない。お奈津の話では、なんでも寺を継ぐはずだった許婚《いいなずけ》を数年前に亡くしたらしい。寺の一人娘ということもあって跡継ぎが決まらないと嫁げないのか、それとも亡くなった男に操《みさお》を立てているのかはわからないけれど。これもまた、お奈津の言う「美貌が過ぎると」というやつだろうか。

「そうかもね。けど、もったいぶってるところが気に入らないね。銕蔵とかいう名も嘘臭いし」

お奈津が鼻の頭に思い切り皺を寄せる。そんな面持ちを見ると、かつて莫連女と呼ばれたお奈津が、品のいいお美緒とどうして仲良くなったのか不思議で仕方ない。

――類は友を以って集まる、って言うじゃないか。

いつだったか、お奈津が冗談口で言ったことがあるが「類」だなんてひと括《くく》りにしたらお美緒に失礼だ。

二人が知り合った経緯《いきさつ》は聞いている。数年前に菊野屋で梅奴《うめやっこ》という芸者を使ったことがあるそうだ。何でも深川随一の芸者らしく、天女とも称されるほど美しいという。その梅奴の知り合いがお美緒だったのである。

「もったいぶってるけど、決して嘘臭くはなかったよ」

お奈津のあまりの言い様におけいが異を唱えると、

「お武家様なら、鋏蔵というのは幼名や通り名かもしれないわね」

お美緒が優しく味方をしてくれる。

「だとしてもさ。どこそこに来たら会えるかもしれない、なんてさ」

またぞろしかめ面をして、お奈津は饅頭《まんじゆう》にぱくついた。

「でも、いつ会えるかわからないほうが、面白いかもしれないわね」

てつじいと同じようなことを言い、お美緒がくすくす笑う。真っ当に見えてこういうことをさらりと口にする。色々な顔を持っているから万華鏡みたいだなとおけいは思う。そんなお美緒をおけいは好きだ。たぶん、お奈津も。

「まあ、そうかもね」

案の定、お奈津は素直に頷いて、

「それはそうとさ。昨日の晩、大変なことがあったんだよ」

饅頭を茶で流し込むと、ごくりと喉を鳴らして飲み込んだ。

「大変なことって？」

それこそ、もったいぶった物言いに興味を引かれ、おけいは、饅頭に伸ばしかけた手を止めた。

「安房屋の主人夫婦が心中したそうだよ」

お奈津が声をひそめた。安房屋といえば、先日菊野屋で見かけた美しい姉弟の家だ。

「夫婦心中？　で、あの姉弟はどうなったんだい？」

雛人形のような姉弟に、心中などという血生臭いにおいは似合わない。

「無事だったみたい。けど、みんな不審がってるらしいよ。安房屋っていえば、ずいぶん儲《もう》かってたみたいだからさ。夫婦道連れで死ぬ理由がわからないって」

「余人にはわからぬ、懊悩《おうのう》があったのかもしれないわね」

お美緒が形のよい眉をひそめ、寺の娘らしい言葉で言い表せば、

「そうねぇ。金持ちには金持ちの悩みがあるんだろうね」

自らも大きな芝居茶屋の娘のくせに、お奈津がそんなことを言う。

「本当に心中だったのかな」

おけいが疑問を洩《も》らせば、

「殺し、だったってこと？」

お奈津が目を見開いた。

「うん。その線もあるかもってこと」

「でも、夫婦の手首が赤い紐《ひも》で繫《つな》がれていたらしいよ」

来世で離れないようにか。入水の心中でよく聞くやつだ。手ぬぐいで手首を縛り、川や堀に飛び込む。水に濡れたらきつく結わいた手ぬぐいは容易くは解けない。途中で死への道行から降りることができないように。

「ねえ。夫婦はどうやって死んだんだい」

おけいの問いに、

「毒を服《の》んだみたいだけど。詳しくは知らない。今朝、聞いたばっかりだから。何でも昨夜のことらしいよ」

お奈津は言葉を濁《にご》した後、そうだ、とぱっと顔を輝かせた。

「ねえ、おけい。そんなに気になるんなら見にいけば。戯作のネタが転がってるかもよ」

人の不幸だというのに嬉しそうな顔で勧める。悪気はないのだろうが慎みがない。こういうところが莫連女と言われる所以《ゆえん》だ。案の定、お美緒が少しばかり顔をしかめている。

「見に行ったところで、中に入れるわけないだろう」

岡っ引きでもあるまいし――と、幼馴染を見つめたところで、頭の奥を何かにこつんと衝かれた。

「もしかして――」

「そう。大伝馬町の事件だけど、伝三郎《でんざぶろう》さんも手伝ってるみたいだよ」

芝居町だけじゃなく、大伝馬町のほうまで？

おけいの疑問を察したのか、

「岡っ引きが手札を受ける同心は一人とは限らないみたいだしね。伝さんは頭が切れるから、引っ張りだこみたいだよ」

ちょうどよかったじゃないか、とお奈津はけしかけるように言った。

何がよかっただ、とおけいは胸裏でぼやきながらも大伝馬町に向かって歩いていた。

伝三郎という岡っ引き。おけいにとっては宿敵のようなものだ。だが、勘助とは竹馬の友なのである。勘助と同じ寺で育てられ、その後は木挽町五丁目の胡桃《くるみ》屋《や》という蕎麦《そば》屋に下働きで入った。その蕎麦屋の主人が岡っ引きだったので、そのまま手下になったそうだ。

伝三郎に初めて会ったのは、件《くだん》の火事があってから半月が経った頃だ。まだ煤《すす》のにおいの残る焼け跡で両親の御魂《みたま》に手を合わせた後、おけいは山王町《さんのうちょう》にある勘助の筆屋を訪れた。祖母の作った煮しめと握り飯を持って。一緒について行こうか、という祖母の申し出を断ったのは、一人できちんと詫《わ》びたいと思ったからだ。自分のせいで勘助が火傷を負ったことは九歳なりに承知していた。

だが、謝るどころの話ではなかった。おけいが三和土《たたき》に立った途端、出てきた伝三郎ががらがら声で怒鳴ったのである。

——おめぇのせいだ。おめぇのせいで勘助の背には一生消えねぇ痕が残っちまった。何より、しばらく商いができなくなっちまったじゃねぇか。

当時、伝三郎は勘助と同じ二十三歳。勘助に比べればずっと小柄だが、みっしりと肉の詰まった逞しい身をしていた。そのうえ、喧嘩《あいま》でついたものなのか、額《ひたい》に傷痕まであったので、吊り上がったまなじりとも相俟《あいま》って、九つの子どもの目にはひどく恐ろしく映った。何より、割れた瓦を乱暴にこすり合わせたような声にびっくりして、喉がすっかり干上がってしまった。

と、そこへ勘助が現れた。

——伝、それは違う。火傷はおけいのせいじゃねぇ。火事のせいだ。

寝間着の胸元から覗く真っ白な晒《さら》しに胸を衝かれた。

——おめぇのせいだ。

その言と共に、晒しの白い色はおけいの心の柔らかなところにくっきりと焼きついた。それこそ、一生消えない火傷痕のように。

ごめんなさい。

ようやくそれだけを言うと、おけいは風呂敷包みを上がり框《かまち》に置いて逃げ出した。

――おけい、待て！

勘助の声に襟髪を摑まれたが、足は止まらなかった。熱かった。胸だけでなく背中までひりひりと焼けるようだった。まるで火でも背負わされたように熱くて熱くて、おけいは木挽町の祖父母の家まで一気に駆け通したのだった。

その後、伝三郎とは度々会う機会があった。勘助の幼馴染だし、何よりも芝居町一帯を見廻っている岡っ引きの定吉《さだきち》の手下なので、お奈津の顔見知りでもあったのだ。

人が大勢集まる芝居町では度々悶着《もんちゃく》が出来《しゅったい》する。岡っ引きと言っても蛇《へび》のように狡猾《こうかつ》でいやらしい輩もいるが、定吉はなかなかの人徳者だったらしくお奈津の家でも頼りにしていたようだ。その定吉親分が年老いて隠居し、二年前、奇《く》しくも勘助が通油《とおりあぶら》町に店を開いたのと時を同じくして、伝三郎は晴れて下っぴきから岡っ引きになった。胡桃屋もそのまま引き継いでいる。ただ、恋女房を数年前に亡くしたようで、それには少しばかり同情もしている。大事な人と別れるのは誰だってつらい。

ともかく、おけいが伝三郎に責められたのはその一度きりだ。だが、会えばいつも仏頂面《ぶっちょうづら》をしている。虫の居所が悪ければ、盛大な舌打ちを投げるときさえある。

ところが——お奈津は伝三郎贔屓《びいき》なのだ。

——伝さんは、岡っ引きとしてはなかなかのものよ。

最前も「引っ張りだこ」と称していたが、何かある度に伝三郎を褒める。だからだろうか、おけいが伝三郎を嫌っているのを快《こころよ》く思っておらず、何とか近づけようとしている節がある。

その思惑にはまるのは業腹《ごうはら》だが、確かに伝三郎に話を聞けば、安房屋のことが色々とわかるかもしれない。大店の夫婦心中に美しい姉弟。それだけで戯作の素材としては惹《ひ》かれる。ただ、あの男があたしに素直に何かを教えてくれるだろうか。それこそ、人の不幸を戯作のネタにするなんてけしからん奴、と罵倒されるかもしれない。

　菊野屋を出てからおよそ四半刻、気づけば大伝馬町の安房屋まで来ていた。大きな通りの真ん中、ひときわ大きな構えの店を覗くと、入り口の土間には油の樽が三つ並んでいる。〈胡麻《ごま》油〉〈水油〉〈綿油〉と木札の掛かった樽《たる》は子どもの背丈よりも高く、上げ蓋で下には注ぎ口が付いていた。

　土間に転々と滴《したた》った油の跡を店前で見ていると、おい、と割れた瓦をこすり合わせたような声がおけいの背中を乱暴に摑んだ。

「何だってこんな場所にいるんだよ」

　苦虫を嚙み潰したような顔で立っていたのは伝三郎だった。棒縞の着物を尻端《しりっぱし》折《よ》りし、下は紺木綿の股引《ももひき》姿、そしてまなじりが吊り上がっているのはいつものことだ。額の傷は見慣れたからか、以前ほどは怖くない。けれど、このがらがら声を聞くのはすこぶる不快だ。

　――おめぇのせいだ。

　割れた瓦の切っ先で、胸に印《しる》された傷痕をつつかれるような気がする。

「どうしてって――」

「人の死を、飯の種にするってか」

人の死を飯の種に――傷痕が抉《えぐ》られた。

「図星か」

伝三郎が頬を歪めて笑った。

人を小馬鹿にしたような笑みに首根がかっとなる。

「そんなんじゃないっ！」

つい、大声を出していた。

「じゃあ、何だってんだ。帰れ、帰れ」

頬を歪めたまま、伝三郎が手で追い払ったとき、

「どうした、伝三郎」

黒の巻き羽織に万筋の小袖を着流した侍が立っていた。腰には朱房の十手《じって》を差しているから奉行所の見廻り同心だ。

「ああ、半沢《はんざわ》の旦那。うるさい野次馬を追い払ってたんで」

途端に伝三郎の顔つきが和《やわ》らぐ。

弱い者には偉そうなくせに、強い者にはへこへこする。こんな奴をお奈津はなぜ買っているんだろう。

「野次馬？　近所の者か」

六尺近い体軀《たいく》の上に小ぶりな目鼻がぎゅっと集まった小さな顔が載っている。半沢と言ったか。伝三郎よりよほど優しそうだ。

「いえ、近所の者ではありません」

おけいは半歩前に出て胸を張った。

「では、どこの者だ」

木挽町の——とおけいが答えるのへ、「旦那」と伝三郎が割って入った。

「こいつは女だてらに戯作者を気取ってる奴でして——」

「別段、気取ってなんかないっ」

おけいが言い放つと、半沢は面白いものでも見るように目をたわめた。

「戯作者というからにはネタ集めか。心中物と聞いて興を引かれたかな」

柔らかな口調だが、言っていることは伝三郎と同じだ。人の死を飯の種にする。

だが、決してそんな気持ちで来たわけではない。

——人の心は見えぬ。おまえは、その見えぬものを見ようとしている。そして、それを言葉にしたいのだろう。

てつじいの言葉を胸の中心に据える。だが、今この二人にそれを言ったところで通じないだろう。

「まあ、よい。近所で聞き込みをするのは構わぬが、探索の邪魔をするな」

行くぞ、と半沢は伝三郎を促《うなが》し、店の中へ姿を消した。嘴《くちばし》を挟むな、とばかりに伝三郎はおけいに鋭い一瞥《いちべつ》を投げた後、同心の後を追った。

往来にひんやりとした秋風が吹き抜ける。お奈津の言葉に押され、何も考えずにここまで出向いたあたしが馬鹿だった。そもそもあたしを目の敵《かたき》にしている伝三郎が快く何かを教えてくれるはずがなかった。

だが、ここまできたのだ。この事件を基に物語を書くかどうかは別として、空手で帰るのは悔しい。幸い、二軒隣の醤油屋の前で近所の内儀らしい女三人がひそひそと話しこんでいる。

気を取り直し、おけいは女たちのほうへと足を運んだ。

「すみません。安房屋さんに不幸があったって聞いたんですけど。何かご存知ですか」

眉をひそめ、なるべく心配そうな声色を作ったが、

「あんた誰だい」

いっとう年嵩《としかさ》に見える、色黒の女が警戒めいた目を向けた。鬢《びん》の辺りに白髪が混じっているから五十路くらいだろうか。

「あたし、小雪ちゃんの知り合いなんです。心配になって来てみたんですけど。取り込んでて会えなかったから」

　ああ、と女の顔が緩んだ。「主人夫婦が毒を服んだらしいよ」

「毒って、鼠捕《ねずみと》りですか」

「そうみたいだね。甘酒に入れたのを二人で飲んだんだって」

「殺されたんじゃないですか」

「いや、心中らしいね。何でも赤い紐で手を結んであったそうだから。来世でも一緒になろうってことだろうね」

「でも、夫婦なのにどうして？」

「噂だけどさ。お内儀《かみ》さんが佐太郎《さたろう》っていう店の手代に惚れちゃったんだって。で、亭主が無理に心中を図ったって話だよ」

　小柄で目の大きな女がしたり顔で告げた。

「お内儀さんの不義ってことですか」

　不義密通は重罪だ。御定法では男女とも死罪となる。武士であれば、夫は不義の相手と妻の両方を斬り捨ててもお咎めがないそうだ。ただ、近頃は武士も町人も体面を慮って金で片をつける場合がほとんどだという。

「いや、お内儀さんの岡惚れらしいね」

「岡惚れ？」

「そうさ。お喜代《きよ》さんが勝手に手代を想っていただけで、そういうことはなかったようだよ。だから、手代には何のお咎《とが》めもないんじゃないの」

「手代とは何もなかったのに、旦那さんはお喜代さんと心中したんですか」

何だか腑に落ちない。

「そうみたいだよ。まあ、夫婦のことは夫婦にしか、わかんないけどね。何が何でも女房を縛《しば》り付けておきたかったんじゃないのかえ」

ねえ、と年嵩の女が同意を求めると、二人は目を合わせ、含み笑いを洩らした。

「けど、お内儀さんも何を血迷っちゃったのかねぇ。いくら昔は器量よしだったといっても、四十七のお婆さんなんか、若い男が相手にするわけないのにね」

小柄な女が鬼の首でも取ったかのように言う。

「お内儀さんは四十七歳なんですか」

小雪は二十歳。見たところ弟の一朗太は十八か九だろう。二十七歳で一人目を生んだとなると晩婚だったのか、それとも――

「なかなか子ができなかったみたいでね」

小柄な女は眉をひそめ、そのままべらべらと言葉を継いでいく。

「だから、小雪ちゃんは妾腹なんだよ。お妾さんは小雪ちゃんを産んですぐに亡くなっちまったから、仕方なく引き取ったみたいだけど。一朗太さんは三十路《みそじ》直前でようやく授かった子なんだって。腹違いの姉弟だけど、仲いいみたいだねぇ」

妾腹、というのは本当だったか。

「あんた、小雪ちゃんから何も聞かされてないのかえ」

不意に年嵩の女が訝《いぶか》り顔になる。

「ええ、そういう話はあまり――あ、ありがとうございました」

おけいは慌てて頭を下げるとその場を離れた。

何が何でも女房を縛り付けておきたくて死の旅路に連れて出た？

そんなことがあるのだろうか。

もやもやしながら歩くおけいの横を、赤い着物の少女が駆け抜けていった。弾むように振り返る。

「おっかさん、早く。早く帰ってこれを読みたいの」

胸には色鮮やかな絵草紙を抱えている。

その微笑《ほほえ》ましさにふっと笑みがこぼれると同時に勘助の顔が思い浮かんだ。万書堂のある通油町はここからすぐである。用事があってこの近くまで来た、と言えば、茶くらい付き合ってくれるだろう。この話をネタに戯作が書けるかどうか相談してみようか。そう思って女の子が来た方角へと踵《きびす》を返したときだった。五軒ほど先の甘味茶屋から出てくる勘助の姿が目に入った。ちょうどよかった、と駆け寄ろうとしたおけいの足はすくんだ。

女連れだった。歳の頃は十八か九。濃い鴇色《ときいろ》の内着に外着は卯の花色の紗《しゃ》を羽織っている。華やかな装いにふさわしく、顔立ちのくっきりした綺麗な女だった。すらりとした勘助と派手ななりの女は並んでいるだけで人目を引いた。

自らの着ているものを見下ろせば、先日会ったときと同じく、何の変哲もない弁慶縞の着古した紬だ。赤い下駄の鼻緒はいつ挿《す》げ替えたのか憶えていないほど色褪せている。

――勘助さんも三十二の男だってことだよ。こないだ、万書堂の近くを通りかかったんだけどさ。滅法界綺麗な娘と歩いてたよ。

幸太郎の言葉が甦り、おけいは二人に背を向けると駆け出していた。前から歩いてきた男とぶつかりそうになったが、足も止めずに声だけで詫びた。

――まあ、戯作者になるには、恋のひとつも知らねぇとな。

暮れ方の大通りを走りながら勘助に言われたことが脳裏をよぎった。胸奥からちりちりと灼《や》ける音がする。

結局、男はああいう華やかで綺麗な女が好きなんだ。

そんな男の心なんか、あたしにわかるはずがないじゃないか。

四

夫の俯《うつむ》き顔に有明行灯《ありあけあんどん》が淡い光を投げかけている。

何の思いも読み取れない能面のような顔だ、とお喜代は思う。長く連れ添った夫なのに他人のように思えるのはなぜなんだろう。すると、夫が思い切ったように顔を上げた。

「お喜代。おまえ、手代の佐太郎に惚れてるんじゃあるまいな」

「何を言ってるんですか。そんなことあるはずないでしょう」

「だが、近所で噂になっているんだぞ。おまえが店先で佐太郎と仲睦まじそうに話していると。正直に言え。正直に言えば、佐太郎に暇を出すだけで済ましてやる」

「そんなの、根も葉もない噂に決まっているじゃないですか。おまえさんはあたしの言うことより他人の言うことを信じるんですか」

お喜代は居住まいを正し、きっぱりと告げた。

「おまえを信じたいさ、お喜代。だが、こんなに噂になっているんだ。恥ずかしくて表を歩くこともできん。こうなったら、おれと一緒に死んでくれ。頼む——」


ああ、こんなじゃ駄目だ。陳腐《ちんぷ》だ。陳腐すぎて笑ってしまう。

おけいは文机に筆を置き、畳に倒れこむように仰向けになった。襦袢《じゅばん》が肌に貼りついて気持ちが悪い。でも、こんなに汗ばんでいるのは暑いからじゃない。開け放した障子から座敷に吹き込む風はすっかり秋の風だ。この汗は何もかもが思い通りにいかない汗だ。べたべたとした嫌な汗だ。

——とりあえず、何でもよいから書いてみることだ。

てつじいに言われた通り、とりあえず書いてみた。昨日、近所で聞いた話を基にし、夫婦の気持ちを想像しながら。だが上手くいかない。

なぜ安房屋市右衛門《いちえもん》が妻と心中を図ったのか。そんなのわかるはずがないじゃないか。

もういやだ、と声に出したとき、目の端に利休茶色が入った。

廊下のほうへ首を巡らせると、いつの間にか祖父の茶太郎が立っていた。茶太郎という本名よりも「古茶さん」や「古茶先生」と筆名で呼ぶ人がほとんどだ。その古茶先生の手には原稿が十枚ほどある。そういや、そろそろ勘助の言う〈半月〉を迎えようとしている。

「何を唸っておった」

「戯作について、色々と考えてたんだ」

おけいが起き上がると、それに合わせたように祖父も文机の傍に腰を下ろした。仄《ほの》かに墨のにおいが立ち上る。九年前、両親が亡くなり、泣きじゃくるおけいを祖父は両腕でしかと抱きしめてくれた。そのときも同じように墨のにおいがした。

「ふむ。ついに書き始めたか」

そう言って、祖父が文机から紙をつまみ上げた。

「見ないでっ！」

咄嗟にその手から紙を奪い取っていた。祖父は一瞬驚いたように目を瞠《みは》ったが、

「戯作なんだろう」

何事もなかったように淡々と訊く。

「そうだよ」

大声を出してしまった気まずさから下を向いた。右手の甲についた墨を左の手で意味もなくこする。

「何を書いてたんだ」祖父の声が柔らかくなった。

「大伝馬町の夫婦心中だよ。下敷きになる話があったほうがいいと思ってさ。けど、まだまだ祖父ちゃんには見せられないよ」

祖父の顔も見られない。

「下手だからか」

率直な言葉で妙な恥ずかしさが消えた。下手なのは当たり前だ。まだいっぺんも書き上げたことがないのだから。

顔を上げると、祖父は穏やかに微笑んでいた。

「まあね。何だかふわふわしてる。物語の芯がないんだ」

話しながらわかった。芯が見つからないのに書いているから上手くいかないのだ。だから、物語も自分の心もふわふわしている。

「なるほど。芯か」

祖父は顎に手を当てて何かを思案しているふうだった。

八ツ（午後二時）を過ぎたくらいだろうか。やや低くなった陽が庭の隅々まで長い足を伸ばし、まだ花のつかない萩の根元を明るく照らしていた。穏やかな風が吹き、萩の葉がさわりと音を立てる。

祖父がつと立ち上がった。

「おけい。一緒に湯屋にでも行くか」

「湯屋に？」

「うむ。嫌な汗を流して、茶でも飲もう」

言いながらもう廊下に出ている。

「待ってよ。襦袢くらいは支度させて」

襦袢を柳行李《やなぎごうり》から取り出し、風呂敷に包みながらふと思った。

どうして、祖父ちゃんはあたしが嫌な汗をかいてるってわかったんだろう――

湯汲《く》み女に岡湯（上がり湯）を貰って体に流しかけると、おけいは手ぬぐいで丁寧に体を拭いて脱衣場に出た。

嫌な汗は引いた代わりに、ゆっくり湯に使った汗が額に浮き出ている。それも拭うと、髪に挿した鍵を引き抜き、着物棚の鍵穴に差し込んで襦袢を着ける。さらりとした襦袢が背中の汗を吸い取ってくれた。

一旦通りに出て隣の別棟に入ると、湯から上がったばかりの男女が思い思いの場所で茶を飲みながら歓談したり、将棋や囲碁に興じたりしていた。

祖父ちゃんはどこだろう、さすがに湯屋に来るのに十徳は着ていないから、同じような藍木綿《あいもめん》や縞紬に紛れてしまう。

おけいがきょろきょろしていると、

「おお。おけい。ここだ、ここだ」

座敷のいっとう奥から祖父の大きな声がした。藍木綿の着物の胸をはだけ、団扇《うちわ》で風を入れている。傍には三人のお仲間の顔が見えた。

「ずいぶん長湯だったな」

「気持ちよかったんだよ」

「おお、これが噂の——」

言いながらおけいが祖父の隣に座すと、
三人のうち最も年嵩の男が相好を崩した。

この人たちは？　目で祖父に問いかけると、

「ああ、こっちは徳《とく》さんだ」

先ずは年嵩の男から紹介した。ずいぶんと血色がいいのは、風呂上がりというだけではないだろう。つやつやした肌はたぶん美食の賜物だ。

「で、こっちはお寧《ねい》さん」

艶やかで豊かな銀髪を巻き上げている。髪の色からしたら還暦は過ぎているようだけれど、湯上がりの化粧気のない肌には染みひとつない。大きな切れ長の目に通った鼻筋。身にまとう薄紫の上布も品がよく、高貴な生まれの女人にも見えるのに、何でこんなじいさんたちといるんだろう。

そして、三人目はいっとう若い。と言っても五十路《いそじ》くらいかな。

「こっちは、与平《よへい》さん」

藍木綿の着物から覗く胸や腕はたくましいだけでなく、火傷痕が無数にあるから火消だろうか。造作の大きな強面が、やや歪《いびつ》に見えるのは右眉がほとんどないからだ。

「皆、将棋仲間なんじゃ」

「いつも祖父がお世話になってます」

「いやねぇ。お世話になってるのは、あたしたちのほうよ」

お寧がころころと笑った。

女にしては太い声に、あれ、とおけいが違和を覚えていると、

「お寧さんは、女形《おやま》だったのさ」

徳さんが口元をほころばせた。

「目が出なかったけどね。ま、綺麗なだけじゃ、仙女《せんによ》さんのようにはなれないのさ」

仙女さんとは三代目瀬川菊之丞《せがわきくのじよう》のことだ。五十路を過ぎてなお舞台での艶姿《あですがた》は芝居好きの目を惹きつけている。でも、この人も充分に綺麗だ。

「まあ、声はこんなだけど、所作はそれなりに励《はげ》んだつもりだからね。今は踊りでおまんまをいただけてるのさ」

かすれた声でほほほ、と笑う。

「そりゃ、立派なもんだ」

徳さんが満更お世辞でもない口調で言えば、そうでもないさ、とお寧が与平に流し目を送る。「与平さんのほうがすごいよ。五十路の坂を越えているのに纏持ちなんだから」

やはり、火消だ。

「纏はもう振ってねぇよ。この歳じゃ、屋根になんざ登れねぇや」

かんらかんらと笑い飛ばした後、大きな目を細めておけいを見た。

「そういや、おまえさん、件の火事では大変だったな」

「もしかして、九年前の火事のときにいたの？」

「ああ、いたよ。あの時はまだ屋根に登ってたな」

強面に不釣り合いな柔らかな目の色に促され、

「火を付けた子を見た？」

思わず問いがこぼれ落ちていた。

「いや、見てねぇ。そんな余裕なぞなかった。だが、後で科人が十三歳の娘だった、しかも、むしゃくしゃしたから火を付けたと聞いて、嫌な心持ちになったな」

「嫌な？」

「そうだ。腹が立ったとか悲しいとか、そういうわかりやすいもんじゃねぇ。何だか、砂の塊《かたまり》を口に押し込まれたような気がした。無性に気持ちが悪かった」

与平はどこかが痛むように顔をしかめた。

砂の塊を――想像しただけで口の中がざらりとする。気持ち悪いのはあたしだけじゃなかった。

「気持ちが悪いと言えば、大伝馬町の夫婦心中も気持ちが悪いと思わんか」

団扇を使う手を止めると祖父が話題を変えた。

なるほど、この話を聞きたくて湯屋へ行こうと誘ってくれたのか。

「そうかえ」

疑問を呈したのはお寧だ。

「あの話、お寧さんにはどう見えたね」

祖父が問いを重ねる。

「夫はそれだけ女房が可愛かったんだろうよ。若い手代に嫉妬《しっと》したのさ。自らはもう老いているからなおのこと、そう感じただろうね、で、死んで女房を縛り付けようとしたんじゃないか。嫉妬っていう字には〝女〟がついてるけどさ。男のねたみそねみも恐ろしいよ」

長い首をすくめる。

「お寧さんは長いこと芸の世界にいたからな。男の嫌なところをたくさん見てきただろうよ」

徳さんが鷹揚に頷く。

「色恋でも男は案外にしつこいよ。まあ、物語の中では女のほうが恐ろしく描かれてるけどね。『娘道成寺《むすめどうじょうじ》』なんて、女が蛇になった挙句、男を焼き殺しちまう。

でも、別れた後に引きずるのは大抵男だね」

「だが、安房屋の主人はかつての妾にご執心だったと聞くぞ。なのに、女房の浮気にそこまで嫉妬するかね」

火消の与平が反論すると、

「あんたはそうだろうけどね」

お寧がくすりと笑った。

「どういう意味だよ」

与平が子どもみたいに口を尖らせる。

「あんたは欲がないから、あれもこれもって思わないだろう。だが、安房屋の主人は相当なやり手だったらしいじゃないか。金も女も何もかも自らの意のままにしたいって輩はいるんだよ。だから、女房の浮気が許せなかったんじゃないのかね」

どうだえ、と徳さんに水を向けた。

「まあ、確かに金を持つと何でも手に入れたがる御仁はいるよ。けど、人の心は金じゃ買えないだろう。だから、死んで女房の心を手に入れようとしたのかね」

徳さんは細い目をしょぼしょぼさせた。

「死んで女房の心を手に入れる、か。確かに芝居にするんなら、そのほうが面白いやな」

腕を組んで与平が頷いた。

芝居にする。つまり、物語にするなら、ということだ。

金で何もかも手に入れた男が、どうしても手に入れられなかったもの。それは女房の心だ。だから、男は女房を道連れにして心中した。死んで女房の心を我が物にしたつもりだった。では、女房のほうはどうだろう。無理やり心中させられたとしたら、どんな思いでいたのだろう。

この世に未練を残したまま、家の近くを浮遊しているなんてことはないのだろうか。

ふと思った。幸太郎を安房屋に連れていったら、女房のお喜代の亡霊が見えるのではないか——

「そうそう、安房屋さんに夜な夜な幽霊が出るんだってよ」

おけいの心に呼応したかのように背後で女の声がした。

思わず半身をひねって振り返る。

頬を上気させた四十がらみの女三人が窓際に座ったところだった。おけいの視線を感じたらしく、三人の中で一番体格のいい女がこちらを向いた。大きな目を瞠り、「あら、お寧さんじゃないかえ」と高い声を出す。

「ああ、お玉《たま》さん。久方ぶり。その話って本当かい」

切れ長の目を弓形にたわめ、お寧がさり気なく女に問う。

「安房屋さんの話かえ。本当かどうかは知らないけど、初七日の夜からこっち、妙なことがあるらしいよ。何でも、三味に合わせて女の歌声が聞こえるんだって。だから、近々拝み屋を呼んで御祓《おはら》いするんだってさ」

おおこわ、とお玉という女は太い腕で自らを抱くような素振りを見せた。

「その話、誰から聞いたんですか」

おけいは半身をひねったままお玉に訊いた。

「従妹《いとこ》があの辺りに住んでるのさ。近所ではかなり噂になってるらしいよ。その幽霊騒ぎで、娘の縁談もご破算になっちまったそうだから」

猪首《いくび》に浮いた汗を手ぬぐいで拭く。

「小雪さんに縁談があったんですか」

心中騒ぎがあったばかりだっていうのに。

「ほら、娘がお大名のお姫様かと思うくらい綺麗だろう。ずいぶん前からご執心の旦那がいたらしくてさ。夫婦が亡くなったのは別にいいけど、幽霊に憑《つ》かれた女はさすがに貰いたくないって」

　手で顔をあおぎながら、お玉は気の毒そうに青眉をひそめた。

「幽霊のご登場とは、ますます芝居めいてきたねぇ。筋書き通りなら、無理やり道連れにされた女房かね。あたしゃあ、冥土になんぞ行きたかない、ってか」

　お寧が節をつければ、

「あるいは、悪徳の拝み屋の狂言か」

　徳さんが渋面を刻んで腕を組む。

「拝み屋の狂言って？」

　おけいが訊ねると、

「拝み屋が幽霊話をわざと広めるのさ。で、騒ぎになったのを見計らって、御祓いをしましょうと訪ねる。金のあるところには、そういう不届き者がわんさか寄ってくる」

　自身もそういう目に遭ったことがあるのか、徳さんが腕を組んだまま頷いた。

「まあ、弱っている金持ちはたかりやすいからな。しかも遺された姉弟は歳若い。善人の皮をかぶった悪人を、そうと見抜くのは難しかろう」

与平も渋い顔で同意した。

夫婦が亡くなったばかりの家に幽霊が出る。

嘘か真か。もしも真なら幸太郎の目には、その姿が映るはず。

「原稿は一段落したが――」

唐突に祖父が話題を変えた。

いきなり何を言っているのだ、とおけいは訝りつつ祖父の顔を見る。

「高々十枚ほどだ。おまえの清書も幸太郎の挿絵も二日あれば充分だろう」

ま、幸太郎が承知するか否かはわからんがな、と湯飲みの麦湯をがぶりと飲んだ。

さすが古茶先生。おけいの胸中なぞ、すっかりお見通しなのだ。

巻の二　泣く幽霊

一

「ったく、どうしてこんな格好しなきゃならないんだよ」

横を歩く幸太郎がぶつぶつと文句を垂れる。

白の小袖の上に白の狩衣《かりぎぬ》を羽織り、下は裾《すそ》を絞った紺の袴《はかま》を着けている。借り着屋で調達してきたものだが、これが見事にはまっている。肌の白さと赤い唇が際立ち、ぞくぞくするほど美しい。どこから見ても霊験あらたかな少年神司《かんづかさ》といった風情だ。

幽霊を御祓いしますよ、といきなり訪ねていったところで、それこそ金目当ての偽巫子《にせみこ》だと思われるかもしれないと案じていたが、この見目麗しい姿なら上手くいくかもしれない、とおけいは心の中でにんまりした。何より、幸太郎の霊力はいかさまではないのだ。

「でも、すごく似合ってるよ。見た目は大事だから」

「だったら姉ちゃんは、どうしてそのいでたちなんだよ」

　幸太郎がどこか収まりのつかぬ顔で言う。

　おけいは、といえば、地味な水浅葱《みずあさぎ》の小袖に紺繻子《こんしゆす》の帯を合わせたが、まあ取り立ててどうということもない格好だ。自らも神職らしいいでたちをしようかとも思ったのだが、それこそ胡散臭《うさんくさ》くなるのでやめたのだ。ただ、祖母から借りた薄紫の御高祖頭巾《おこそずきん》をかぶっている。近所の女房連に顔を見られているからだ。ともあれ、巫子は一人のほうがよい。神の力を借りられる者、いや、霊が見える者なんて、そうそういないのだから。

「あたしは単なる付き添いだからさ」

　幸太郎先生、頼むね、とおけいが拝み手をすると、

「けど、こんなのは一回こっきりだからな。もうやらねぇぞ」

　すべすべの頬をぷうっと膨らませた。

「あら、可愛い」

　すれ違った町娘がくすくす笑い、弟の膨らんだ頬がみるみる朱《しゆ》に染まる。こう

いうふうに顔に出るところが、まだまだ十一歳の子どもなのだ。おけいが頭巾の陰で微笑《ほほえ》んだとき、黒烏帽子《えぼし》をかぶった白い狩衣姿の男が安房屋の前で足を止めるのが目に入った。小さく尖《とが》った顎に細い目はどことなく狐に似ている。

「見るからに、胡散臭《くせ》ぇな」

幸太郎が苦虫を嚙み潰したような顔で吐き捨てた。

確かに胡散臭いが、別の拝み屋とかち合ってしまったのなら、こちらは有無を言わさず追い返されるかもしれない。日が悪いから出直そうか、とおけいが言いさしたときだった。

何を思ったのか、幸太郎が男に駆け寄った。

「ああ、先生。お久しぶりでございます」

満面の笑みになる。

「む。どこぞで会ったかな」

いきなり少年神司に声を掛けられて、男は狐目を泳がせている。

「ええ。いつだったか、先生が見事、悪霊を追い払った際、私もその場に呼ばれていたのでございます。ですが、未熟者の私には何もできず。ただ先生のお力を遠くで拝見し、感嘆するのみでございました。今日、こちらへいらっしゃるとお伺いし、此度の御祓いも拝見したく、こうして馳せ参じたのでございます。それに――」

幸太郎はそこでいったん切った。逡巡するように眉根を寄せているが、明らかに演技であると、長い付き合いのおけいにはわかる。

だが、拝み屋の男は真面目な顔つきで先を促した。

「それに――何だ。言ってみなさい」

途端に幸太郎の顔がぱっと輝いた。

「ありがとうございます。僅かではございますが、先生のお力にもなれるかと存じます」

「わしの力に？」

狐目が大きく見開かれる。

「はい。僭越《せんえつ》ながら、私、霊が見えるのでございます。もちろん、先生の眼力には叶うべくもありませんが。醜女《しこめ》ゆえに頭巾で顔を隠しておりますが、是非、私とこちらの者をお使いくださいませ。この者も役に立ちます」

「私のほうからもお願い申し上げます」

むっとするのをこらえつつ、おけいは男に頭を下げた。

「だが、これを半分寄越せというのではあるまいな」

男は右手の人差し指と親指で輪を作ってみせる。

「滅相《めっそう》もないことでございます。先生のお力を間近で拝見できるのですから。むしろこちらから指南料を払いたいくらいでございます」

何卒、お願い申し上げます、と幸太郎は丁寧に頭を下げた。

ふむ、と男は尖った顎を手で撫でた後、幸太郎に問うた。

「おまえ、霊が見えると申したが、まことのことか」

「はい。ぼんやりとですが」

すぐそこにも、と幸太郎は半身をひねり、傍の天水桶を目で指した。

「天水桶のところにか」

「はい。子どもの霊が立っています。まさか」

先生にはお見えにならないのですか、と幸太郎は黒眸がちの目を大きく瞠ってみせる。

「む、無論見えるに決まっておるではないか」と男が慌てたように言う。「ふむ、赤い着物を着ておるな。五歳くらいの」

「さすが、先生。着物の色まで見えるとは。私には白っぽい影にしか見えません」

幸太郎が大仰に褒め称えると、

「これくらいは当たり前のことだ。まだまだだが、おまえも使えるようだな。だが、この家には嫌なものが憑いておるぞ。肌にまとわりつくような、大雨の降る前のようなじとっとした気だ。もしかしたら身に危難が降りかかるかもしれんぞ」

男は狐目をすがめ、天を振り仰いだ。当然のことながらおけいの目には何も見えないし何も感じない。だが、幸太郎は、確かに嫌な気でございますね、と首をもたげた後、

「ですが、先生がいらっしゃるのですから、何があっても大丈夫でしょう」

歯の浮くようなせりふを返した。

「よし、そこまで言うなら、共についてくるがよい」

拝み屋の男は顎を反らした後、「その前に」とおもむろに手を合わせてまじないのようなものをぶつぶつと唱え始めた。どうやら、そのじとっとした気を祓っているようだ。

と、そのとき誰かの視線を感じた。天水桶の辺りだ。

「ねえ。あそこに霊がいるって本当？」

初秋の陽が当たる天水桶を目で指し、おけいは弟の耳元で囁いた。

「いるよ。猫が一匹ね。おれは猫に好かれるみたいだ」

にゃ、と幸太郎が小さな声で呟くと、大きな天水桶の陰から子どもほどの小さな影がぬっと現れた。

「ば、化け猫！」

おけいが声を上げると、拝み屋がまじないをやめ、かっと目を見開いた。

何事だ、と狐目を吊り上げておけいを睨みつける。あ、あそこに、と指差せば、立っているのは真紅の着物に黒繻子の帯を締めた小柄な老女だった。たっぷりとした白髪を粋筋風のつぶし島田に結い、腕に三毛猫を二匹抱いている。

「ねえ、もしかして、あの人も――」

おけいが幸太郎の袂を摑むと、老婆は、にいっと笑ってすたすたと歩き始めた。猫を二匹も抱いているからか、あるいは老女らしからぬ派手ないでたちのせいか、往来の人が好奇の目を向けている。ああ、あの老女は幽霊ではなかったか。

「では、参るぞ」

拝み屋は張り詰めた面持ちで店の中へ入っていった。

「あのばあちゃんも、猫に好かれてるみたいだ。けど、可哀相に。おまえは、ばあちゃんたちについていけないんだな」

天水桶へ向かって慰めるように言うと、幸太郎は拝み屋の後を追った。

おまえはって――

恐る恐る天水桶の辺りを見たが、ただ、透き通った光の溜りがあるだけだった。

「天満《てんま》先生。よくお越しくださいました。無理を言って申し訳ございません」

手前は番頭の平蔵《へいぞう》と申します、と小柄な男は丁寧に辞儀をした。丸顔に小ぶりな目鼻、そして下がり眉のためか優しそうに見える。だが、青鼠《あおねず》色の羽織の背はぴんと伸び、目にも光があるので頼りなくはない。顔の皺《しわ》を見れば還暦前後だろうが、髷《まげ》は黒々としていた。

即席の拝み屋一行が通されたのは、店先から最も近い客間であった。大伝馬町の大店とあって、十畳間の座敷は青畳の香りも清々しく、床の間には一幅の南画が掛けられている。清潔で広い座敷からはよく手入れされた庭が見えた。背の高い躑躅《つつじ》と楓《かえで》が池の水鏡に映るように配され、母屋の側には小ぶりだが桜も植えられている。美しい庭を眺めていると、つい十日ほど前にここで心中事件があったとは思えない。

「先ずは仔細《しさい》を聞こう」

先生と呼ばれた男は居住まいを正すと、平蔵に向き直った。表で見たときは胡散臭いと思った男も、場慣れしているのか、客を前にするといっぱしの神職に見えるから不思議なものだ。

——幽霊話をわざと広めるのさ。で、騒ぎになったのを見計らって、御祓いをしましょうと訪ねる。

天の湯で会った徳さんはそんなことを言っていたが、平蔵の物言いから推し量れば、この拝み屋が押しかけたのではなさそうだ。

「はい。先日、手前どもの主人夫婦が亡くなりました。ところが、初七日の晩から何やら妙なことがございまして」

実直そうな老番頭は下がり眉を憂鬱そうに寄せた。

「妙なこととは？」

拝み屋が同じく眉根を寄せる。

「夜になると、主人夫婦が亡くなった部屋から音がするのでございます」

「音とは、どのような」

「はい。胡弓《こきゅう》を奏《かな》でる音でございます。恐る恐る店の者が覗いてみると誰もおらず、胡弓だけがぽつんとございました」

「胡弓？」

「ええ。亡くなった内儀がたしなんでおりました。その胡弓でございます」

胡弓は三味線よりは小ぶりな三弦の楽器だ。

「他のどなたか、例えば娘さんが弾いていらっしゃったとか」

おけいは番頭と拝み屋のやり取りについ口を挟んでいた。

「いいえ。お嬢さんは胡弓を弾けません」

下がり眉がますます下がる。

「それは、まことか」

問いを発したのは拝み屋である。

「はい。お嬢さんは――」

そこで番頭は言葉を途切れさせた。

「お嬢さんは？」

拝み屋が先を促すと、

「胡弓に触れることは一度もなかったと思います」

思い切ったように告げた。

その物言いに違和を覚える。たしなまない、ではなく触れることがなかったとは。

「どうしてですか」

おけいは違和をそのまま口にした。

「胡弓は、お内儀さんが大事になさっていたものですから」

「ああ、つまり、大事なものだから触ると母親に叱られたのかな」

拝み屋が得心したように頷いた。

「ええ、まあ」

頷いたものの番頭の物言いはどこかすっきりしない。

「ともかく、内儀がお亡くなりになった今、この家に胡弓を弾ける者はいない、ということですね」

幸太郎が話をまとめた。

「はい。胡弓の音はお隣にも聞こえたようでして。亥の刻（午後十時頃）の頃のことですから不審に思ったようでございます。内儀が亡くなったことは皆さんご存知ですので」

なるほど。それで幽霊騒ぎが近所にも広まったということか。

「では、お内儀さんの御霊を鎮めればよろしいのですね」

はきはきと言いながら、幸太郎がもう立ち上がっている。

「御祓いをしていただけるのは、先生ではなく、こちらのお弟子さんで？」

幸太郎を見上げ、番頭が目をしばたたいている。

「いや。わしがする。この者は少し手伝いをするだけだ」

頼むぞ、と拝み屋が立ち上がって華奢な肩を叩くと、

「はい、先生」

幸太郎は屈託のない笑みを浮かべた。


屋敷の外廊下は庭を囲むようにしてコの字型になっている。店先に近いほうが商談などに使う客間や奉公人の部屋で、庭を隔てた向こう側が、主人夫婦と姉弟が暮らす母屋であるようだった。商いの場と日々の暮らしをはきと分けたかったのかもしれないが、広い敷地だからこその造りである。

「こちらでございまして」

案内された座敷は母屋の最奥だ。夫婦の寝間というより、書院のようなたたずまいだった。書架はないが、大きめの文机と書見台、それに用簞笥《ようだんす》が置かれている。何だか味気ないくらいの座敷だった。ここで妻が胡弓を奏で、夫は書でも読

んでいたのだろうか。だが、その絵はおけいの心にしっくり収まらなかった。

「胡弓はこの部屋にあるのですか」

同じことを考えていたのか、幸太郎が問うた。

はい、こちらに、と番頭は部屋の奥の押入れを開けた。上下にしきりのある大きな押入れだ。上には夜具、下には胡弓だけがぽつんと収められている。

「ご主人とお内儀さんはどのようにして亡くなられたのでしょうか――」

おけいの問いに、番頭は顔をしかめながら答えた。

「毒を服まれました」

お奈津から聞いた通りだ。

「鼠捕りですか」

「ええ。甘酒の中に入れて。手首が赤い紐で縛られておりましたので、お役人も相対死《あいたいじに》だろうとおっしゃいました」

何か不審な点でも、と番頭は咎めるような視線を投げた。

「いえ。そういうわけではございません」

おけいは首を横に振り、部屋を見渡した。吐物のにおいがしないのは綺麗に拭き清めたからか。あるいは畳を張り替えたか。微かに甘いにおいがするのは香でも焚《た》いたのかもしれない。

「では、始めましょうか」

胡弓をここに、と拝み屋の男が座敷の中ほどを目で指した。

「承知いたしました」

平蔵は押入れから胡弓を取り出して指示された場所に置いた。漆黒の胴は女の濡れ髪のように艶やかだった。おけいは幸太郎と共に廊下側に腰を下ろす。平蔵はさらにその後ろに座った。

咳払いをした後、拝み屋は胡弓の前に歩み寄り、端座した。手を合わせて瞑目し、ぶつぶつと何かを唱え始める。内儀の御霊とか、鎮まりたまえとか、そんな文言が聞こえてくる。

やがて、脇に置いた大幣《おおぬさ》を手にし、

「えいやっ！」

奇妙な掛け声を掛けた。もう一度、手を合わせて礼をした後、膝《ひざ》をついたまま後じさり、ゆっくりと立ち上がった。

「終わったぞ。これで、内儀の御霊が現れることはないであろう」

拝み屋が重々しい口調で儀式の了を告げれば、

「ありがとうございました」

番頭も神妙な面持ちで深々と頭を下げた。

「ちょっと待ってください」と声を上げたのは幸太郎である。「この部屋にいるのは、本当に内儀の御霊なんでしょうか」

思いがけぬ問いに拝み屋も番頭もぽかんとしている。

「もしかしたら、違うものかもしれませんよ。内儀に成りすました悪霊とか」

幸太郎が思慮深く眉をひそめると、

「見えたのか」

拝み屋が細い目をすがめた。

「いえ。今はいません」

見える見えないではなく「今はいない」とはっきり言い切ったからか、番頭がちんまりした目を大きく見開いた。

「今はいませんが、何だか嫌な気がするのです。先生も家の前でおっしゃっていたでしょう。この家には悪いものが憑いていると」

幸太郎の言に、拝み屋はしたり顔で頷いた。「確かにまだ何かの気配がするな」

――これで、内儀の御霊が現れることはないであろう。

ついさっきはそう言っていたくせに、とおけいは心の中で苦笑した。だが、幸太郎が何の根拠もなく、こんな物言いをするはずがない。本当に何かを感じたのだ。

「それに胡弓の音がするのは夜なんですよね。だったら、夜まで待ったほうがいいのではないですか」

幸太郎は大人たちを見渡し、にっこり笑った。とろけるような笑顔を向けられたら嫌とは言えない。番頭はそれこそ、少年神司の気に当てられたようにぽうっとした面持ちで「では、よろしくお願いします」と頭を下げた。

半分ほど開けた障子から涼やかな夕風が忍び込んできた。美しい庭は藍に朱を流し込んだような不思議な色に染まり、それこそ、幽霊でも現れそうな趣を湛《たた》えていた。

本当は夫婦が心中したという奥の間で待機したかったのだが、番頭が難色を示したため最初に通された客間での待機となった。

ほんの少し前に、長男の一朗太が顔を出した。

――この度はわざわざお越しいただいたばかりか、遅くまでお引き止めしてしまい、まことに申し訳ございません。

父親の死で否応なく店の主人となった若者は、美しい顔に憂愁《ゆうしゅう》を浮かべ、丁寧に辞儀をした。菊野屋の前で見かけたときよりもやつれているせいか、ずいぶんと大人びて見えた。姉の小雪は両親の死に塞《ふさ》ぎこみ、臥《ふ》せっているという。

――すぐに夕餉《ゆうげ》を支度させますので。お待ちくださいまし。

一朗太はそう言って退出した。

その言葉通り、今、夕餉の膳が運ばれてきた。支度をしてくれたのは、三十路前後の女中である。色白でふっくらした面差しの女中は、どうぞごゆるりと、と言い置いて去っていった。

膳の中身は秋茄子《なす》のしぎ焼きに秋鯵《あじ》を蓼酢《たでず》でしめたもの、と秋物尽くしである。秋鯵には針生姜《はりしょうが》と茗荷《みょうが》が添えられ、香りがさらに食欲をそそる。

おけいがそっと頭巾を外すと、

「醜女と聞いていたが、そうでもないではないか」

拝み屋が案外そうに目を瞠った。

「いや、お目汚しになりますので、あまりごらんにならぬほうが」

幸太郎が失笑する。

家に戻ったら覚悟しておきな。心の中で弟に毒づくと、おけいは殊勝《しゅしょう》を装い、目を伏せる。

せっかくの美味しい料理を俯いて食べる羽目になったが、美味いものは、どんな食べ方をしても美味いもの。出されたものはすべていただいた。弟の膳をちらりと見ると茄子や鯵は平らげているけれど、飯は半分ほど、汁はほとんど残している。ふてぶてしく見えるけれど、これから待ち受ける幽霊との対峙に緊張しているのかもしれない。

一方、こちらは緊張どころか、やたらと眠気が襲ってくる。満腹になれば眠気を催すのは人の常とは言うものの、これはいったいどうしたことか。時折吹く風の音が耳をかすめる度に、とろりとした眠りの泥へと身が沈んでいく。

おかしいな。昨日はたっぷり寝たはずなのに。

そう思ったところで、おけいの意識はぷつんと途切れた。

――おけい、おけい。

誰かの声がする。

――おけい、こらえろ。

ああ、勘助だ。これは勘助の声だ。

――こらえるんだ。

嫌だよ、勘助兄さん。だって、おとっつぁんとおっかさんと幸太郎を助けなきゃ。

――おけいっ、待てっ！

声が変わった。割れた瓦をこすり合わせたような、ががら声だ。

――おめぇ。おれに断りもなく、勝手なことをしやがって。

この偉そうな物言いは伝三郎だ。

勝手なことって、あたしは何もしてないよ。

――何が、拝み屋だ。いかさまなことをするんじゃねぇよ。

いかさまなんかじゃないっ！

――いや、いかさまだ。おめぇはいつだって余計なことをする。勘助のことだってそうだ。おめぇが火事場になんか行かなきゃ、あいつは火傷しなかったんだ。

おめぇのせいだ。

おめぇのせいだ。

責める声は大きくなって、闇と共にのしかかってくる。

嫌だ、責めないで、嫌だ――

「――姉ちゃん、姉ちゃん、起きて」

揺り動かされて目が覚めた。

いつかのように幸太郎がこちらを覗き込んでいた。灯明かりに照り映えた顔はいつもよりぼんやりとしている。

「番頭さんが、起こしに来たよ」

慌てて身を起こすと、こめかみに疼痛《とうつう》が走った。座敷の奥では拝み屋が高いびきをかいている。

「おやすみのところ申し訳ございません」

ちょうど今、と廊下に座した番頭が母屋のほうを目で指した。

庭は月で仄かに明るく、今は花のない躑躅の葉が雨で洗い上げたように光っている。その美しい庭の夜陰を、微かだけれど弦の音が震わせていた。幽霊だからか、それとも元々上手ではなかったのか、思ったよりもたどたどしい奏でだが、それが却って物悲しさを誘う。

「先生、出ましたよ」

幸太郎に身を揺すられ、拝み屋は弾かれたように飛び起きた。

「出たか！」

涎をぬぐい、大幣を持って立ち上がったが、その足元は蹌踉《そうろう》としている。

「はい。よろしくお願いいたします」

参りましょう、と手燭を持ち直して番頭が立ち上がった。

コの字型の外廊下を番頭についてゆっくりと歩いていく。寝間の手前まで来たとき、音色がぴたりとやんだ。

「よろしいですか」

番頭がそろそろと障子を引いた。仄暗い闇を手燭の明かりがゆるりと呑みこんでいく。

火明かりにぼんやりと浮かび上がったのは、昼間見た胡弓だった。漆黒の胴はいよいよ艶かしく、その傍には馬の尾で作られたという弓が置かれている。

「おお。やはり内儀が見えますな。細面で色白の」

拝み屋が低い声で呟けば、

「はい。おっしゃる通りでございます。お内儀さんは細面で色白でございます」

番頭が頷き、唇を嚙み締めた。

「よし、早速御霊を鎮めよう」

だが、拝み屋はなかなか胡弓には近づこうとしなかった。引きつった顔で座敷の入り口に座すと、神妙な声色で指図した。

「おまえたちも座りなさい。強い霊気だ。一人よりは三人のほうがよい」

言われるまま、拝み屋の背後に座して目を閉じると甘い香りが鼻をくすぐった。

恐らくこの拝み屋には何も見えていないのだろう、と言挙げを聞きながらおけいは思った。天水桶の上には猫がいたようなのに「赤い着物を着た子どもがいる」といい加減なことを言ったのだから。今は、座敷に胡弓が置かれていたから、見えていないにもかかわらず霊が現れたと言ったのだ。内儀が細面で色白というのは、事前にどこかで聞いていたに違いない。

では、幸太郎には見えているのだろうか、内儀の幽霊が。

そっと目を開けて横を見ると、澄んだ目に押入れの辺りをじっと見つめていた。


翌朝、木挽町の我が家である。

おけいの前では幸太郎がわしわしと飯をかきこんでいる。祖母の漬けた茄子の味噌漬けと納豆汁だ。この味噌漬けがあれば何杯でも飯が食えるらしい。

おけいは箸を置き、弟の顔を見た。口元には飯粒がついている。数年前なら「ったく、しょうがないねぇ」と言いつつ取ってやったが、十一歳になった今は、そんなことをしようものなら、うるせぇ、と手をはねつけられるに決まっている。

子どもっぽいところがあると思えば、妙に大人びてもいるのだから厄介なものだ。

だが、寝不足の上にあんなことがあっても飯が食えるのだからさすがだ。こっちは頭もぼんやりしている上に胃の腑まで痛いというのに。

「ねえ、あんた、よくそんなに食べられるね」

半ば呆《あき》れながらおけいが湯飲みの白湯を飲むと、

「頭を使うと、腹が減るんだ」

幸太郎は納豆汁を、音を立ててすすった。

「頭を使ったって？」

いかさまの拝み屋を話術でだまくらかしたことだろうか。

「見ようとして見ると、この辺がやたらと疲れるんだよ」

幸太郎は箸を握ったまま眉間の辺りを指した。

「見ようとしてって、幽霊を？」

「そうだよ。おれだって何でもかんでも見えるわけじゃないからな」

「そうだったんだ。何でも見えてるかと思った」

おけいの言葉に、幸太郎が呆れた顔で肩をすくめる。

「ばっかじゃねぇの。考えてみろよ。芝居町を歩いてて、すべての人が目に入るかよ」

　確かにそうだ。けど、そんな言い方をしなくてもいいじゃないか。

「例えばだけどさ」再び飯をかき込み、口を動かしながら幸太郎は先を続けた。

「姉ちゃんが、ごった返す人の中から勘助さんを探そうとしたら、疲れるだろう」

　何で〝例えば〟が勘助なんだよ。そう言い返したかったが、ややこしくなるのでやめた。

「うん、まあ」

「それと同じことだよ。見よう見ようとすると疲れちまう」

　そこではたと気づいた。

「ねえ、あの家には幽霊が〝ごった返して〟たってことかい？」

　座敷に幽霊がひしめいていたと思えば、今さらながら肌が粟立つ。

「いや、むしろその逆だよ」

　言いながら、顔についた飯粒にようやく気づいたのか、指でつまんで口に入れた。

「逆って？」

「幽霊なんかいなかったってこと。少なくともあの座敷には何もいなかった」

「でも、幽霊はあたしたちが行ったから、慌ててその場を去ったんじゃないのかい」

おけいが反駁《はんばく》すると幸太郎が苦笑した。その顔にはまた〈ばっかじゃねぇの〉と書かれている。

「幽霊が慌てるわけねぇだろう」

「そうかな。幽霊だって元は人間だもの。慌てるかもしれないじゃないか」

その途端、幸太郎がぷっと噴き出した。飯粒がおけいの顔に飛ぶ。

「やだぁ、きったない」

手ぬぐいで顔を拭くと、ごめん、ごめん、と幸太郎は笑い、茶をがぶりと飲んだ。

「ったく、お姉は太平楽だな」

「あたしの、どこが太平楽なんだよ」

「そういうとこ」

幸太郎は喉に笑いを残したまま言い、言葉を継いだ。

「幽霊は人に姿を見せたいものなんだよ。だってなかなか見てもらえないんだから」

そうかもしれないけどさ。そんなに笑わなくてもいいじゃないか。

「幽霊はいなかった。けど、押入れに人の気配がしたんだよ。幽霊の気配と人の気配は違うからすぐにわかる」

押入れといえば、胡弓が仕舞われていたあの大きな押入れだろうか。確かに人が隠れられるくらいの広さはあった。

「ってことは、誰かが幽霊に扮し、胡弓を押入れから出して弾いた。で、足音がしたので隠れたってこと？」

「まあ、半分は合ってるかな」

最後の飯をかき込むと幸太郎は湯飲みを摑んだ。せっかく取ったのに、また唇の端に飯粒がついている。

弟が茶を飲むのを待ってから、

「半分ってどういうことさ」

おけいが問うと、幸太郎はようやく〝正解〟を告げた。

「誰か一人、じゃなく、店ぐるみでやってると思う。少なくともあの小ぢんまりとした番頭はぐるだぜ」

「まさか――」

「考えてみろよ。三人が三人とも眠っちまうなんておかしいだろう」

幸太郎は口の端に飯粒をつけたまま、思慮深く眉をひそめた。

言われてみれば、前の晩にたっぷり寝たのに亥の刻前に眠くなるなんておかしい。しかも幸太郎の言う通り、三人が三人ともだ。

「眠り薬でも盛られてたのかな」

「うん。姉ちゃん、腹が痛いんだろう」

それ、とおけいの膳を目で指した。飯が半分以上残っている。

「うん。何だか鳩尾《みぞおち》の辺りがね。あんたは大丈夫なの」

「おれは、安房屋の膳を半分以上残したから」

「もしかして、薬が入ってるって気づいてたのかい」

「いや、気づいてたわけじゃない。けど、これから大仕事が待ってるってぇのに、満腹になって眠くなったら困るだろう。それに、何となく汁が苦いような気がしたから少しでやめといた。まさか、一服盛られてるとは思わなかったけど」

そう言ってうっすらと笑った。自らを笑ったのではない。

ったく、姉ちゃんは太平楽だな。

またぞろそう言いたいのだ。悔しいが、卑《いや》しくも出されたものをすべて食べたのは事実だから、ぐうの音も出ない。

「じゃあ、誰が胡弓を弾いたのさ。あの家で胡弓を弾ける人はいないって、あの番頭は言ってたよ」

ふと座敷に漂っていた甘い香りを思い出した。あれを男がまとうのは違和がある。となると、小雪が幽霊のふりをして胡弓を弾き、足音がしたので押入れの中へ隠れたということか。でも、小雪は臥せっていたというし、番頭の話では胡弓に触れたことがないそうだ。だとすれば、やはり弟の仕業だろうか。

「昨夜出た〝幽霊〟は娘か息子か、どっちかだろうな。まあ、いずれにしても、おれたちに嘘をついたってことだ」

盛大な欠伸《あくび》をして幸太郎がごろんと横になった。

食べてすぐ寝たら牛になるんだからね。いつもならすかさずたしなめるのだが、今日はそんな言葉も出ない。

「でもさ。どうして、幽霊が出ただなんて嘘をつく必要があるんだい」

わざわざ拝み屋まで頼んで。

「そんなのおれにわかるはずがないじゃねぇか。幽霊は見えるけど、人の心の中まで読めるわけじゃねぇもん。ともかく、幽霊が出るって噂を立てたいんだろう」

「だから、何のために？」

問いを繰り返したが、返ってきたのは無言だった。

見れば、弟は両腕を頭の下に入れたまま目を閉じていた。借り着の白い狩衣は脱いだが、自前の白い小袖はそのままだ。その胸が緩やかに上下している。

ずいぶんと大人びたことを言うかと思えば、あっという間に寝てしまうなんて、赤ん坊みたいじゃないか。

そういや、ここに引き取られて間もないとき、祖母におかゆを食べさせられながら、こっくりこっくり舟をこいでいたっけ。あの赤ん坊がもうこんなに大きくなったのか――

「食べ終わったかえ」

いつの間にか、祖母のおのぶが廊下に立っていた。年輪の重みはふっくらとした面差しにも落ちている。この祖母に寄る辺ない身を支えてもらったのだと思えば、目尻の皺も白い髪も愛おしい。幸太郎もおけいも勝手に大きくなったわけじゃなかった。

「うん。ごちそうさま。ごめんね。ご飯残しちゃった」

「昼に茶漬けにすればいいさ」

笑いながら近づいてきた祖母は、幸太郎を覗き込むと、

「あら、幸ちゃん、寝ちゃったね。何か掛けるものを持ってこようか」

すぐに部屋を出ていった。ぱたぱたと小気味よい足音が遠ざかり、座敷に明るい静寂が落ちてきた。初秋の光が溢《あふ》れ返った庭を見ると、昨夜のことが夢のように思えてきた。

あの胡弓は誰が弾いていたのだろう。微《かす》かな弦の音を甦らせた頭の中に、すうすうと穏やかな寝息が割り込んでくる。

――見ようとして見ると、この辺がやたらと疲れるんだ。

ま、こいつが起きてから考えるか。

おけいは弟の顎についた飯粒を指先でそっと取ってやった。

二

昼を過ぎても幸太郎は目を覚まさなかった。育ち盛りだから幾らでも眠れるのだろう。だが、幽霊騒ぎのことが気になるおけいは一向に眠れない。食欲もなかったので、残した飯は昼ではなく夜に湯漬けにするから、と祖母に言い置いて家

を出た。

さて、どこへ行こうかと山茶花の垣根を出てから秋空を見上げた。青い空の西方には魚の群れを思わせる小さな雲がゆるゆると流れている。その空にぼんやりと浮かんだのはお奈津の顔だったが、会えば伝三郎とのやり取りについて訊かれるだろう。

――人の死を、飯の種にするってか。

思い出せば、またぞろ胸が痛む。

祖父に話せればいいのだが、今日は朝から一心不乱に文机に向かっているようだった。戯作に没頭すれば祖父の耳はどんな音も閉ざしてしまう。長年のことで祖母もそれをわかっているから触らぬ神に祟りなし、とばかりに放っておき、握り飯だけをこさえて傍に置いておく。だが、そうなるとおけいのほうもうかうかしてはいられない。どんどん清書を片付けなければならないのだが、先ずはこの気持ち悪さをどこかで解消しなくては。

――ともかく、幽霊が出るって噂を立てたいんだろう。

何のためだ。何のためにそんなことをする。そんな噂、商いに障りこそすれ、何の益もないじゃないか。

ああ、気持ちが悪いったらありゃしない。

声に出して呟いたとき。

――人の心は見えぬ。おまえは、その見えぬものを見ようとしている。

てつじいの言葉が甦った。

会えないかもしれないけれど、とりあえず行くだけ行ってみるか。

湯屋と甘味処。どっちにしようかな。

そろそろ八ツ（午後二時）だから、よし、〈村雨〉だ。

おけいは芝居町の人波を縫うようにして駆け出した。


「あら、いらっしゃい」

鶯色の暖簾をはぐると、出迎えてくれたのは美人女将だった。今日は小豆《あずき》色の着物に黒の繻子帯を締めている。八ツという刻限だからか、ずいぶんと繁盛しており、小上がりの板間は五組ほどの客で埋まっていた。

半白の髪にちんまりした羽織姿を探していると、

「銕さんかしら」

女将が涼やかな目を向けた。

「はい。でも、今日はいないみたいですね」

出直します、と去りかかったおけいを「待って」と女将は制した。こっちへいらっしゃい、とひそやかな声で囁《ささや》き、奥へと手招きする。

言われるままに店先と厨房を区切る長暖簾《ながのれん》をはぐると、二階へ上がる梯子段《はしごだん》があった。塵《ちり》ひとつない、よく磨かれた梯子段をそろそろと上がっていくと、狭い廊下に沿って小座敷が二間並んでいた。ここは御贔屓《ごひいき》のお客様だけなの、と女将は手前の唐紙《ふすま》を叩いた。

すぐに、おう、と聞き慣れた声が返ってき、

「待ち人ですよ」

女将は唐紙をそっと引いた。

おけいが訝《いぶか》っていると、

「来たか」

遠慮せずに入りなさい、とてつじいが手招きをした。一人ではない。こちらに背を向けて座っているのは、うなじが白くてすんなりと長くて、見事な銀髪のばいまげ――

「あら、おけいちゃん」

振り向いたのは――

「お寧さん」

てつじいとも知り合いだったのか。それにしても綺麗だ。湯屋で会ったときは素顔だったが、今日は薄く白粉《おしろい》をはたいて目尻と唇に紅を引いている。淡い藤色の内着に外着は白紗《はくさ》。濃紫で引き締めた帯が、高く巻き上げた銀髪のばいまげを引き立て、眩《まぶ》しいほどだ。

「お邪魔してもいいの？」

「もちろんさ。年寄り二人じゃ、しみったれた話ばっかりになっちまってね。やれ腰がどうの、膝がどうのって」

ね、銕さん、とお寧は華やいだ声で言う。

「うむ。それに、その顔。何か話したいことがあると書いてあるぞ」

「本当に？」

おけいは慌てて顔を手で触った。

てつじいは呵々と笑い、お寧は、可愛いねぇ、と微笑んだ。

「あたしらもほんの少し前に来たのさ。今日はいい塩梅だから、銕さんがいるかなと思ってぶらぶら歩いてきたら店の前でばったり。で、銕さんが今日はもう一人、会いそうだなって」

お寧はおけいが座れるように少し腰をずらした。

礼を述べてからおけいが座すと、

「何があった?」

穏やかな声音でてつじいが訊ねた。

「実は――」

昨日の幽霊騒ぎのことをかいつまんで話した。幽霊が安房屋の狂言だと推察した根拠として、幸太郎が人ならぬものが見えることを説明しなくてはならなかったが、てつじいもお寧も真面目な顔で聞いてくれた。

話し終えたところで、計ったように女将が葛きりと茶を持ってきた。

「狂言は狂言でも、拝み屋の手によるものじゃなく、安房屋自ら仕込んだものだったってことかえ」

茶で口を湿らせてから、お寧がまとめた。

「うん。飽くまでも推測なんだけど。でも、弟の目には幽霊らしきものは映らなかったし、そういう気配も感じなかったって」

てつじいを見ると、難しい顔をして黙り込んでいる。幽霊が見えるなんてあまりにも突飛過ぎるから信じていないのかもしれない。

そんな懸念が浮かんだときだった。

「主人夫婦が心中してまだ日が浅いのに、わざわざ幽霊騒ぎを起こすとは、何とも胡乱《うろん》な話だの」

てつじいが濃い眉を寄せたまま唸るように言った。

「信じてくれるのかい」

思わず前のめりになって訊いていた。

「もちろんだ。おまえより歳を取っている分、わしは色々なものを見聞きしておるぞ。たとえば、さる武家の女中が暇をもらってから亡くなり、かつての主人に挨拶に来たとかな」

「幽霊が挨拶に？」おけいの声は裏返った。

「うむ、恐らく主人はその女中に目をかけていたのだろうな。病を得なければ、そのまま仕えて欲しいと思っていたのかもしれん。その思いが女中にも伝わり、あの世へ行く前に姿を現したのだろう」

てつじいは頷き、茶で口を湿らせた。

今の話を聞いて、幸太郎とのやり取りを思い出した。

――じゃあ、何であんたのところには来るのさ。

幽霊が現れることについておけいが訊ねたとき、

――たぶん、見えるからだろうな。見えるから、現れる。

神妙な顔で幸太郎は答えたのだった。だが、ただ現われるのではなく、何かを伝えたくて幸太郎のような〝見える者〟のところに訪れるのかもしれない。

でも、安房屋に幽霊は現れなかった。少なくとも幸太郎の目には映らなかった。

「もし安房屋の狂言だったとしたらさ」お寧がおもむろに口を開いた。「娘の縁談を壊したかったんじゃないかね」

「というのは？」

てつじいが先を促す。

「おけいちゃんも聞いただろう。湯屋で会ったお玉さんが言ってたじゃないか。幽霊騒ぎのせいで娘の縁談がつぶれたって」

お寧の切れ長の目がおけいに向いた。

「うん。幽霊に憑かれた女はもらいたくないって言ってたね」

「なるほど」とてつじいが深く顎を引いた。「拝み屋を頼んだのは幽霊話に真実味を持たせたかったということか」

「そう。拝み屋はあちこちで吹聴するだろうね。あの家には本当に幽霊がいた。深更《しんこう》に誰もいない座敷で胡弓の音色がしゃらしゃらと鳴っていたと」

お寧が身を揺すり、舞台の役者のように節をつけた。

「悪事千里を走る、ならぬ、幽霊譚千里を走る、というわけだ」

てつじいがにこりと笑う。

「そこまでするってことは、その縁談相手が心底嫌いだったのかもしれないねぇ。あるいは、心底惚れた男が他所にいるか」

お寧は綺麗な流し目をおけいに寄越した。

心底惚れた男のために、小雪という娘は幽霊を演じたのか。

「でも、番頭は？　主人亡き後、お店を支えていくためには、幽霊譚なんて歓迎すべきものじゃないよね。商いの障《さわ》りになるんじゃないのかな」

おけいが異を唱えると、確かにそうだね、とお寧が頷き、言葉を継いだ。

「ってことは、番頭は絡んでいないのかもよ。番頭も娘に騙《だま》されているってことだ」

「うん」とおけいは頷いた。「弟もぐるかもね。姉と仲よさそうだったもの」

あの弟なら、店のことより姉の頼みを優先するかもしれない。

ふむ、とてつじいが唸った。

「もし、本当に安房屋の娘、あるいは息子が幽霊を演じておるとしたら、わしは大いに違和を感じるぞ。両親が亡くなったばかりなら子は悲嘆にくれているはずだ。それが、亡き母親の幽霊をでっち上げるなぞ、不実、いや、不孝もいいところだ」

てつじいの言う通りだ。両親が死んでからまだ半月ほどしか経っていないのだ。その死を悲しみ、安らかな成仏を願うのが当たり前の子の心ではないか。

もしかしたら、義理の母子はあまりうまくいっていなかったのかもしれない。だが、弟、一朗太のほうはどうなのだ。もしも狂言幽霊が姉との共謀だとしたら――彼は両親の死をどう受け止めているのだろうか。

「聞いた話だが、夫婦の死に方も、どこか引っ掛かるところがあるらしいな」

思案中の頭の中にてつじいの声が割り込んだ。

「引っ掛かるって、何がだえ?」

お寧がおけいより先に問いかける。

「何でも、夫婦の死んだらしい刻限にずれがあるそうだ。しかも女房の首には何かで絞められた跡があったらしい」

てつじいは茶の残りを飲み干すと淡々と言った。

「ってことは、亭主が女房の首を絞めて、ずいぶん刻《とき》が経ってから毒を服んだってことかい」

おけいは首を傾げた。番頭の平蔵はそんな話はしていなかった。ただ毒を服んで死んだのだと。嘘をついたのか。あるいは、拝み屋なんぞに本当のことなど言う必要がないと思ったのか。

「夫が妻を殺した後にずいぶん逡巡したのではないか、と町役人は判じておるらしいが。はて、おまえの話を聞いたら、他の線もありそうだの。そうなるとまた、奉行所での吟味も厄介《やっかい》になるかもしれんな」

てつじいは目を細めると、格子窓から表を見た。

他の線――もしかしたら、内儀のお喜代は義理の娘である小雪に殺されたかもしれない、ということか。義母の首を絞めた後、それを糊塗するために父親をも殺して心中に見せかけた――

だが、主人の市右衛門は小雪にとって実の父親だ。そこまでのことをするだろうか。

ともかく、色々と腑に落ちぬことはある。

「あたし、もう一回、安房屋に行ってみる」

二人ともありがとう、とおけいは立ち上がっていた。


〈村雨〉で、てつじいとお寧に会ってから十日の後。

おけいは幸太郎と再び安房屋へ向かっていた。いささか間があいたのには理由がある。おけいは清書をしなくてはならなかったし、幸太郎は挿絵を描かなければならなかったのだ。

ただ、幸いと言っていいのかわからぬが、勘助は約束の半月を過ぎているというのに姿を見せなかった。

勘助兄さんの嘘つきめ、とおけいが清書しながら毒づいていると、

――板元ってのは、大抵がいい加減だ。この〝いい加減〟ってのは、ずぼらって意味もあるが、いい塩梅《あんばい》ってこともある。ものさしで測ったみてぇに、きっちりしてるのも案外窮屈なもんだからな。

祖父はおけいの手元を覗き込みながら言った。原稿が一段落したから気楽なものだ。自らの執筆中は家人を寄せ付けぬくせに、おけいの清書中はこうやって訪れ、やたらと進捗状況を確かめにくるのだ。これ見よがしに好物のみたらし団子

にかぶりついているのも、いつものことである。まるで子どもみたいだ。

——でも、そのいい塩梅ってのをどう見極めるのさ。

——おれの原稿の仕上がりより、おめぇの清書が遅れると勘助は踏んでるんだろう。

——どうして、あたしが遅れるってわかるんだよ。

図星を指され、祖父相手につい乱暴な口調になった。

——今までも遅れてるし、現に今も遅れてるじゃねぇか。

祖父は鼻でふふん、と嗤った。

確かに遅れてるけどさ。安房屋に行くのをけしかけたのは祖父ちゃんだからね。

そんな反駁を呑み込んで、おけいはようやく清書を仕上げた。幸太郎の挿絵も無事完成し、祖父の言を借りれば『続雪姫道中奇談』はおよそ半分のところまで漕ぎ着けた。

——ここまでちょいと根を詰めちまったからな。しばらくはばあさんのご機嫌取りだ。

そう言いつつも、夫婦で散策するのは満更でもない様子で、祖母を連れて意気揚々と出かけた。堀端をぶらぶら歩いて茶屋で甘いものでも食べてくるそうだ。

村雨の葛きりが美味しいよ、とおけいが教えてやると、あら、それじゃそこに寄ろうかね、と祖母も娘みたいにはしゃいでいた。

で、幸太郎と二人、大伝馬町の安房屋の近くに差し掛かったときだ。

「あ、こないだのおばあさんだ」

幸太郎が立ち止まった。弟の視線の先、天水桶の傍には緋色の着物に身を包んだ老女がうずくまっている。つぶし島田に結い上げた白髪が秋の陽で銀色に染まっていた。老女の足元では二匹の猫が煮干を食べている。いずれも三毛だ。

幸太郎が猫に近づき、よしよし、と言いながら屈んだ。だが、その手は宙を撫でているだけだ。

すると、ほう、と老女が感心するような声を上げた。

「坊にはこの子が見えるのかえ」

皺だらけだが、よく見れば目鼻立ちは整っている。若い頃はさぞ美しかったろう。

「うん、見えるよ。白と黒のぶち猫。黒い目が綺麗だ」

幸太郎の顔に陽が差したようになる。〝お仲間〟に会えて嬉しそうだ。

「そうじゃな。おそらくこの辺りで死んだ子じゃ。だが、可哀相に。死んだことがわかっておらんのじゃ。で、こうしてわしに寄ってくるのだが、うちの子のように抱いてやることはできん」

〝うちの子〟というのは、今、老女の足元で煮干を食べている二匹の三毛のことだろう。三色の艶やかな毛並みは正真正銘生きている猫だ。無心に煮干を食む姿はおけいの目にもはっきりと映っている。

「うん。おれも撫でてやろうと思ったけど、できなかった」

幸太郎が寂しそうな面持ちで立ち上がる。

「そうなのじゃよ。試しに今日は煮干を与えてみたのだが、ぶちは食べれなんだ。で、うちの三毛だけが食べておる」

老女は二匹の三毛猫を抱き上げた。毛の模様はよく似た二匹だが瞳の色が違う。一匹は黒々としているが、もう一匹は琥珀《こはく》みたいに薄い色をしている。その〝琥珀〟はまだ煮干を口にくわえていた。

「あたしには見えないけど、そのぶち猫はどうして死んだんですか」

自分ひとりが蚊帳《かや》の外にならぬよう、おけいは二人の会話に割り込んだ。

「知らんな」と老女は首を振った。「ただ、この辺りで命を落としたとわかるだけじゃ」

「おばあさんが猫好きだから寄ってくるんだろうね」

おれの家にも時々迷い込むことがあるから、と幸太郎は得心顔で頷いた。そういや、廊下でよろけていたっけ、とおけいはひと月ほど前のことを手繰り寄せる。幽霊には触《ふ》れられないとわかっていても視界に入れば、思わず避けてしまうのだろう。

「それはそうと、あんたたちは、先にもあの店へ来ていたようじゃが」

老女は二軒先の安房屋を指差した。

「うん」と幸太郎はにっこりと頷いた。「おばあさん、あの家について何か知ってる?」

すっかりこの老女に懐《なつ》いている。老女のほうも頬を緩ませたが、返答は素っ気無いものだった。「あまり、知らんな」

「でも、こないだも、今日もここにいるのはどうして?」

おけいの問いかけに、この子らが行こうというからじゃ、と老女は目を細めて腕の中の猫を撫でた。「わしの家はこの通りの裏の、さらに裏だからの」

「猫が猫を呼んだってことかな」

幸太郎が呟くように言うと、そうじゃろうな、と老女は愛猫から目を離して頷いた。

「ぶちの猫はどうしてここにいるのかな」

おけいは素朴な問いを投げた。

「わからんが、何か未練があるのは確かなようじゃ。ここから離れようとせんからの」

「ここって、天水桶のところ？」

おけいが問いを重ねると、

「ああ、たぶん油屋じゃ」

老女はすぐそこの安房屋を振り返った。間口六間ほどの大きな二階建ての入り口では、菱形に「安」の字が染め抜かれた軒暖簾が風に揺れていた。

「どうして、安房屋ってわかるんだい。もしかしたら別の店かもしれないじゃないか」

天水桶は町のものだ。

「ぶちが何遍か、店の中に入ろうとしたのを見たのじゃよ。だが、いざ入ろうとすると何かに怯えた様子でひるんでしまう。何となく、あの家の上に嫌なものが覆いかぶさっているように思えるのじゃが。坊よ」

おぬしには何か見えんか、と老女は薄墨色の目を幸太郎へ向けた。

「はきとは見えないな。けど、おばあさんの言う通り、なんだか嫌な感じはあるよ」

幸太郎は眉根を寄せた。

「嫌な感じって、どんな？」

残念ながら、おけいには何も見えないし何も感じない。

「上手く言えないけど、淀《よど》んだ感じかな。そうだな。肌にまとわりつくような、大雨の降る前のようなじとっとした気、ってとこかな」

その文言、どこかで聞いたことがあるな、とおけいが思っていると、幸太郎が屈託なく笑った。

「あの〝センセイ〟もまるきりいかさまってわけでもないみたいだ」

ああ、そうか。狐目の拝み屋が言った言葉だ。あの男、幽霊は見えないみたいだが、不穏なものを感じることはできるのか。

「ふむ、確かにそんな感じだの」

老女が頷くのを待ってから、幸太郎が問いを投げた。

「姉ちゃんだったら、何て言い表す？」

「あたしだったら、ってあたしには何も見えないし、何も感じないよ」

いつものごとく馬鹿にされたような気がして声がつい尖った。だが、弟の目にこちらを揶揄《やゆ》するような色はない。

「感じなくても、おれの言葉を言い換えることはできるだろ。曲がりなりにも寄木古茶の孫娘なんだし、戯作者を志してるんだから」

なるほど。意図はわかった。

肌にまとわりつくような、大雨の降る前のようなじとっとした気。言い換えれば、粘り気のあるぬめぬめした気持ち。

――嫉妬っていう字には〝女〟がついてるけどさ。

湯屋でお寧が言ったことを思い出した。

「悋気《りんき》とか、妬《ねた》みとか」

「そうそう。そんな感じ。暗くて湿っぽい。ほら、娘道成寺の蛇みたいな」

幸太郎は大きく頷いた。

手代に岡惚れした女房を道連れにしてもなお、主人の悋気は残っているのか。いや、その夫婦心中自体がそもそも疑わしいかもしれないのだ。だとすれば、この家を覆っている不穏な気はいったい誰の悋気だ。

「――姉ちゃん、姉ちゃんってば」

弟の声に袂を引かれた。

「何さ――」

「出た」

「出たって何が」

「幽霊じゃ」答えたのは老女だ。皺んだ目で天水桶の辺りを見つめている。

「でも、今度は猫じゃない。人だ」

幸太郎が苦しそうに吐き出した。

「本当なの？　どんな人？」

自分だけが見えぬことがもどかしく、幸太郎の袂を引っ張った。

「大柄な女だ。五尺七寸はありそうな。でも、丸顔で優しそうだよ。藍縞《あいじま》の地味な着物に臙脂《えんじ》の昼夜帯を締めてて、右目の下に大きな泣きぼくろがある」

その人、ぶちを抱きしめて泣いてるんだ、と幸太郎まで泣きそうに頬を歪めた。

ぶちを抱きしめているということは、その女の幽霊も安房屋の者なのだろうか。

「幸ちゃん、早く。早く、その人に話しかけてみてよ」

あなたはどなたですかって、とおけいが弟の背を天水桶のほうへ押した途端、

「ああ、消えちまった。姉ちゃんがせっつくからだ」

せっかちお姉め、と幸太郎が仏頂面で振り向いた。

三

秋の陽が縁先に座るおけいの下駄の足先を温めている。

「なんだい、弾かれちゃったのかい。ほら、こっちにもあるよ」

ひときわ小さな一羽に向かって小皿の飯粒を放ってやる。雀《すずめ》はあまり人に懐かないというが、不思議とこの庭にはやってきた。祖母ちゃんの人徳かな。思わず笑みを洩らしたとき、人の気配がし、はっと顔を上げた。

いつからそこにいたのか、仏頂面の伝三郎が立っていた。紺木綿の股引に藍縞の着物を尻端折りしている。小柄だがいかり肩でがっしりしているせいか、いかにも岡っ引きでござい、という佇《たたず》まいだ。

「な、何でそんなとこに突っ立ってんだい」

思いがけぬことに、甲高《かんだか》な声になってしまった。足元の雀が一斉に飛び立つ。

「用があって来たんだよ」

悪ぃか、と不快ながらが声が耳朶《じだ》を打つ。

「用って――誰に？」

「誰にって、そっちにだよ」

渋面を刻んだまま顎をしゃくる。

「そっちって、どっちだよ」

「そこにはおめぇしかいねぇだろうが」

「あたし――」

不意に安房屋の座敷で見た夢が蘇った。

――おめぇ。おれに断りもなく、勝手なことをしやがって。

まさか、拝み屋に扮して安房屋に潜り込んだことがばれたのだろうか。

「何だよ。その面《つら》は」

不快そうに眉を寄せると、眉間の傷がさらに深くなった。

狼狽に蓋をして、おけいは顎をくいと反らした。

「悪かったね。元からこういう顔なんだ。で、いったい、何の用なのさ」

「半沢の旦那からのお達しでな。おめぇとおめぇの弟を探索に使えとな」

半沢の旦那――ああ、伝三郎が手札を受けている同心か。こいつよりはよほど優しそうだったけれど。

「その旦那が、どうしてそんなことを言うのさ」

　思わず身構える。

「そんなこたぁ、知らねぇよ。命じられたから来たまでさ。ともかく、おめぇも安房屋のことを知りてぇんだろう。色々と嗅ぎ回ってるって聞いたぜ」

　吊り上がった目が探るように鋭い光を放った。

「嗅ぎ回っているってほどじゃないよ。近所の女房連に少し話を聞いたくらいだから」

　その目の強さに圧され、少し俯きがちになる。

「けど、戯作のネタにしたいんだろう」

「そうだよ」

　背後から澄んだ声がした。

　思わず振り向くと、笑みを浮かべた弟が立っていた。

「おう。幸太郎じゃねぇか。ちょいと見ねぇ間に大きくなったな」

　途端に伝三郎が相好《そうごう》を崩す。おけいには見せたことのない笑顔だ。

　伝三郎さんこそ大きくなったね、と幸太郎はわけのわからぬ返答をし、

「近所の話だけじゃわかんないだろう。だから、姉ちゃんと二人で拝み屋に扮して安房屋に行ったんだ」

おけいが必死に隠そうとしていたことを、さらりと口にしてしまった。

「ちょっと、幸太郎、余計なことを――」

慌てて立ち上がってたしなめたが、

「お、拝み屋だと。お、おめぇら、そんなことまでしやがったのか」

がらがら声がそれをねじ伏せた。目を吊り上げ、ずいと縁先に近づく。

だが、幸太郎はそんな伝三郎に少しもひるむ様子はない。

「うん。幽霊が出るって噂を耳にしたから、確かめようと思って」

くしゃりと笑い、おけいの横に立った。

その笑みに、伝三郎は一瞬だけ毒気が抜かれたような顔になったが、しょうがねぇな、とでも言いたげに苦笑を浮かべた。

「で、何がわかった？」

「聞きたいかい？」

「そりゃな」

「そっちの知ってることも、ちゃんと教えてくれるんだよね」

「もちろんだ。そこに座っていいか」

伝三郎は幸太郎の返答も待たずにどっかりと腰を下ろした。

仕方なくおけいも幸太郎を真ん中にして座り直した。

「で、伝三郎さんは、幽霊の件について、どんな噂を聞いたんだい」

幸太郎が話の端緒《たんしょ》を開く。

「三味の音に合わせて女の歌う声が聞こえるってくらいかな。ま、近所を何軒か回ったけどな」

「なるほどね。まあ、女の歌は聞こえなかったけどね」

「ってことは、本当に三味が鳴ったのか」

伝三郎が目を瞠る。

「うん、鳴った。けど、三味じゃなく胡弓だった。ただ、あれは狂言だ」

「狂言だと？　なぜそんなことをする？」

眉間に深い縦皺が寄り、いっそう強面になった。

「それを今から調べるんじゃないのかい」

「まあな」と伝三郎が苦笑した。「だが、どうして狂言だってわかったんだ？」

「幽霊の姿がなかったからだよ」

幸太郎の返答に、またぞろ伝三郎が目を丸くした。

十一歳が大の大人を翻弄《ほんろう》しているようで小気味いいが、自分だけが蚊帳《かや》の外なのは少し癪《しゃく》だ。だが、何かを喋ろうと思えば思うほど喉が詰まったようになる。心の中に蔓《つる》の巻きついた垣があって、言葉をせき止めているみたいだ。

「おめぇ、幽霊が見えるのか」

「うん。見えるよ」

幸太郎が屈託なく告げると、

「なるほど。半沢の旦那がおめぇらを上手《うま》く使えって言ったのは、そういうことか」

四角い顎に手を当て、得心したように頷いた。

あまりにすんなりと受け入られたことにおけいはびっくりした。

「信じてくれるのかい!」

せき止められていた言葉がいきなり垣を飛び越えた。

「な、何をそんなにびっくりしてやがる」

伝三郎が後ろに身を反らせる。

「だって、幽霊だよ」

「うむ、わかってるぜ」

身を反らせたまま頷き返す。

「そんなの嘘っぱちだろう、って言われるかと思った」

おけいが思ったままを口にすると、

「長いことお上のお役目をしてりゃぁ、色々あらぁな」

藍縞の胸を誇らしそうに張った。

「だったら、話が早い。幸太郎、話してやりな」

おけいは弟を促した。

「姉ちゃんが話せよ。元々は姉ちゃんが湯屋で話を聞いてきたんだろう」

「そうだけどさ――」

「湯屋ってのは天の湯か」

姉弟のやり取りに伝三郎が問いを挟む。

「そうだよ」幸太郎が頷いた。「安房屋で幽霊が出るって、女たちが噂してたんだって。でね」

おれたち、拝み屋に扮して安房屋を訪れたんだ、と幸太郎は目を輝かせて語った。

店の前に本物の拝み屋がいたので、その場で弟子入りして中へ入ったが、夕餉を食べた後に三人とも寝入ってしまったこと。目が覚めると夜遅く弦の音が聞こえ、すぐに座敷に行くと胡弓はあったが、誰の姿もなかったこと。本物の拝み屋は内儀の幽霊がいると言い、御霊を鎮めたこと。

「けど、部屋に幽霊はいなかったんだ。代わりに押入れに人の気配があった」

姉ちゃんが話せと言いながら、結局、幸太郎がすべてを語った。

「けど、人の気配って言ったたって、押入れを開けて見たわけじゃねぇんだろう」

「うん。けど、幽霊と人の気配は違うから」

幸太郎はきっぱりと返した。

「なるほど。夕餉の後に寝入ったたってことは、一服盛られたたってことか」

「たぶんね。で、伝三郎さんのほうは？」

「うむ。まず、亡骸《なきがら》の様子からだ」

亡くなっていた場所は夫婦の寝所だという。内儀は夜具の上に寝かされ、首には絞められた跡があった。その横で主人がうつ伏せに倒れており、二人の手首は赤い紐で繋がれていた。傍には毒入りの甘酒が残った湯飲みが転がっていたので、主人の市右衛門が内儀を絞め殺し、手首を紐で繋いだ後に毒を服んで後を追ったものと、検使与力は判じたそうだ。

「心中って言えば心中だけど、何か引っ掛かるね」

幸太郎が思慮深く眉をひそめる。

「そうだ。おれもその見立ては甘いと思ってるんだ」

まずは、内儀の亡骸が横向きになっていたことだ、と伝三郎は言った。寝かせるのなら仰向けに寝かせるのではないかと思ったという。二つ目は、夫婦の手首を繋いでいた赤い紐が妙に浮いて見えたそうだ。

「有体《ありてい》に言えば、第三者が後でつけたような、そんな感じを受けたんだ。で、よく見ると、紐が手首に食い込んだ跡がなかった――」

「ちょっと、待って」

おけいはそこでようやく言葉を差し挟んだ。

「どうして、紐が手首に食い込んでないといけないんだい。お内儀さんの首を先に絞めて寝かせた。で、お内儀さんの手首を縛り、自分の手首を縛った。そこで毒を服んで死んだ。だったら、お内儀さんが抗《あらが》うことはないじゃないか」

ねえ、幸太郎、と弟に向かって疑問をぶつけたが、

「お内儀さんはな」

伝三郎が苦笑を浮かべた。

何だか馬鹿にされているようで癇《かん》に障る。

「どういうこと？」

「主人の市右衛門の死に顔には悶《もだ》え苦しんだ跡が見て取れた。しかも、吐き散らかしていたんだ。となれば、紐の跡が手首に残ってなけりゃおかしい。死んでから紐を結んだってか。まあ、幽霊になったどちらかが、あとで紐を結んだんだ、と言われればそれまでだが」

伝三郎は冗談めかして首をすくめた。

やっぱり、馬鹿にされている。

「言っとくけど、幽霊はこの世のものに触れられないんだからねっ」

つい、むきになってしまった。

おけいの舌鋒をかわすように、伝三郎は幸太郎へ視線を転じた。

「本当か、幸太郎」

「本当だよ。安房屋の近くにぶち猫の幽霊がいて、撫でようとしたけどできなかった。それに、猫ばあも猫の幽霊に餌をやってみたけど、やっぱり食べられなかったって言ってた」

「何だ、その猫ばあってのは」

「猫好きのおばあさんだよ。飼い猫に導かれて安房屋まで行ったら、ぶち猫の幽霊に会ったんだって。そうだ。念のために訊くけど、安房屋のお内儀さんって五尺七寸くらいの大柄な人で、右目の下に大きな泣きぼくろがある？」

幸太郎が身を乗り出すようにした。

「いや、大きくはねぇよ。小柄なほうだ。まあ、高く見積もっても五尺はねぇだろうな。泣きぼくろは憶えがねぇな。ま、憶えがねぇってことはなかったんだろう」

それがどうしたんだ、と伝三郎が問うと、

「猫の幽霊だけじゃなく、女の幽霊が出たんだよ。その人がぶち猫の幽霊を抱いて泣いてたんだ」

幸太郎は悲しそうに眉を下げた。

見たわけでもないのに、その様子を思い描くとおけいの胸まで引き絞られる。

「その幽霊が安房屋に関わってるってか？」

「うん。猫ばあが言うには、ぶち猫が安房屋に入りたがっているんだけど、いざとなると怖がって入れないんだって。屋根の上に悪い気があって恐ろしがってるって言ってた。そうだ」

ちょっと待ってて、と幸太郎は立ち上がり、自室のほうへ戻っていった。

縁先に静けさが落ちた。俯《うつむ》けば、雪駄《せった》の足先が苛立《いらだ》たしげに揺れるのが目に入り、おけいの身はがちがちになる。

と、ぱたぱたと幸太郎が戻ってくる足音が聞こえ、総身の強張りが解けた。隣で伝三郎が小さく息を吐く。

「お待たせ」

屈託のない声で言うと、幸太郎は元の場所にするりと身を滑《すべ》らせた。すぐに描けるよ、と言いながら持参した画帳を開き、すらすらと筆を動かしていく。まっさらな紙の上に瞬く間に女の顔が現れた。

丸顔に細い目。鼻も口も小さめだから、右目の下のほくろがいっそう目立つ。

「安房屋の近くにいた幽霊。大きい人だった。五尺七寸くらいはあると思う」

「ま、どっちかっていうと地味な顔だな」

で、大女だな、と伝三郎が確かめるように言うと、

「そうだね。地味と言えば格好も地味だった。藍縞の着物に渋い臙脂色の帯だったかな。だからお内儀さんじゃないだろうなって思ったんだけど」

幸太郎は滔々《とうとう》と語り、似顔絵を画帳から切り離すと伝三郎へ渡した。

「少し日数をくれねぇかな。調べてみるな」

伝三郎は紙を受け取ると、

「で、幸太郎。おめぇはこの女と何か言葉は交わしたのかい」

真面目な顔で訊く。

「いや、交わそうとしたけど、すぐに消えちゃった。それに今までもあまりそういう人たちと口を利いたことはないんだ」

幸太郎はどこか済まなさそうな顔で答えた。

「それは何でだ」

「何でだ、って訊かれても。伝三郎さんは、幽霊と話をしたいかい」

その真《ま》っ直《す》ぐな物言いにおけいは胸を衝《つ》かれた。伝三郎も虚を突かれたような顔をしている。

「それに、その人たちは滅多に話しかけてこないよ。ただそこにいるだけなんだ。だから余計に物悲しくなる」

そう言って幸太郎は赤い唇を引き結び、画帳を閉じた。

見え過ぎる苦労というのは見えぬ者にはわからないのだろう。

「そうか。大変なんだな」

伝三郎が柄にもなくしんみりした口調で言うと、

「伝三郎さんって、案外好い人なんだね」

幸太郎が思いがけぬことを言った。

「なんだい、いきなり」

伝三郎が困《こう》じたように眉を寄せる。

「姉ちゃんが嫌ってる人だからさ、もっと陰険かと思った」

「何を言ってるんだい、やめなよ」

慌てて弟の袂《たもと》を引く。

今日、わかった。あたしは伝三郎を嫌ってるわけじゃないって。ただ、怖いんだ。

──おめぇのせいだ。

あのがらがら声で胸の柔らかいところを突かれるような気がして、面と向かって口を利くのが怖いだけなんだ。幸太郎がいなかったら、ここに座っていることすらできなかっただろう。

「いいじゃないか。お互い嫌ってると思ったら、やりづらいだろう。この際、はっきり言ったほうがいい――」

「うるさいっ！　あんたなんかにあたしの何がわかるんだよ」

思わず立ち上がっていた。

伝三郎がどんな顔をしているのか、見るのが怖かった。ただ怖くて、おけいは自分の部屋へと駆け戻り、障子を閉めた。

部屋にこもってからどれくらいの刻《とき》が経っただろう。障子を控え目に叩く音がした。

「姉ちゃん、入っていいかい」

声も遠慮がちだ。まことに幸太郎らしくない。

「いいよ」

こちらの声も小さくなった。障子がそろそろ開くと、申し訳なさそうな顔が覗いた。

「ごめん。調子に乗って喋り過ぎた」

おけいの前にぺたりと座る。珍しく水に浸したみたいにしおれている。

「別に」

それなのに、突き放したような物言いになってしまった。

「怒ってるよね？」

「怒ってないよ」

「いや、その物言いは怒ってる」

「怒ってないってば！」

「ほら、怒ってるじゃないか」

弟の顔が朱に染まるのを見て、思わず噴き出した。

「怒ってないよ。ちょっと動揺しちゃっただけ。あたしは、あんたみたいに上手く立ち回れないから」

そうなんだ。九年も前のことを未だに引きずっているなんて馬鹿みたいだ。伝三郎はあたしにひどいことを言ったなんて思ってないだろう。言ったことすら忘れているかもしれない。

「ずっと気になってたんだ」

幸太郎の声が柔らかくなる。顔を上げると、切なげな目とぶつかった。弟ながら、男にしておくのはもったいないくらいに綺麗な顔だ。後数年もすると女を泣かせるようになるんだろうな。そんな場違いなことを思っていると、形のよい唇がふわりとほどけた。

「姉ちゃんが、どうして伝三郎さんを嫌ってるのか。あの人、そんなに嫌味な人じゃないし。菊野屋のお奈津さんとだって仲がいいし」

胸の柔らかなところに痛みが走る。

火事の日の経緯《いきさつ》を弟に話したことはいっぺんもない。だが、おけいが無茶をして勘助に火傷を負わせた事実は知っているだろう。そういう話、幼い少女を庇《かば》った勇気ある若者の美談は、無責任な他人の口から耳に入ってくるものだから。

でも、この柔らかな場所に印《しる》された傷は誰も知らない。

「あたしが悪いんだ」

「どうして姉ちゃんが悪いのさ」

あたしがあの手を振り切らなければ、勘助は火傷をすることがなかったし、伝三郎もあんなに怒ることはなかった。でも、それを幸太郎にどうやって伝えたらいいのだろう。

「勘助さんに火傷を負わせたからかい」

おけいの胸の底をそっとさらうように幸太郎が言った。あまりに率直で、でも優しい物言いに胸が詰まった。

「馬鹿だな、お姉は」

またぞろ率直に言う。率直過ぎて涙が出そうだ。

　盛大な溜息の後、幸太郎は言葉を継いだ。

「こっちが嫌ってるから相手にも嫌われるんだ。だから、伝三郎さんも姉ちゃんに強く当たるんだよ」

　思い切り頬を打たれたような気がした。

　こっちが嫌ってるから？　いや、嫌ってるのではなく、本当は怖がっているだけだ。ってことは、伝三郎もあたしを怖がっているってことか？

「ま、いいや。ともかく、伝三郎さんには似顔絵の女について当たってもらうことにしたから。何かわかったら、すぐに報せにくるって」

「うん。わかった」

　ようやく声が出せた。

「でさ、あの後、伝三郎さんとも話をしたんだけど、もし夫婦心中じゃないとしたら、殺ったのは誰だと思う」

　弟の語調が変わる。おけいも胸の傷に蓋をし、頭を心中事件に切り替えた。

　いっとう疑わしいのは。

「娘の小雪さんかな。妾の娘だから」

「でも、現場を一人で作るのは無理だよな」

確かに。内儀がいくら小柄であっても、娘の細腕で夜具の上に移すのは難しいだろう。

「となれば、手を貸すのは弟か番頭だよね」

「うん。でも、父親まで殺す理由がわからない。それに、小雪さんは穏やかで優しい気性らしいよ。そんなに義母と仲が悪かったのか、そこをもう少し詰めないといけない」

「じゃあ、奉公人の線は？　女中とかさ」

「女中かい？　夫婦一緒に殺して心中に見せかけるなんてよほどのことがないと――」

「とんでもないことで火付けをした女中だっているんだよ」

大きな声になったせいか、幸太郎が目を丸くしている。

「それって、何の話？」

「あるお人に聞いたのさ。火消を見たいから隣の家に火を付けた女中がいたって。他の人が聞いたら信じられないような理由でも、本人にとっては筋が通っているって。そんなことですら人は罪を犯しちまうんだって。だから、姉弟も番頭も女中も誰でも科人になりうるんだよ」

てつじいに聞いた話だった。むきになってしまうのは、九年前の火事のことがあるからだろう。

幸太郎がくすりと笑う。

「何がおかしいのさ」

「いや、ようやく姉ちゃんらしさが戻ったな、って」幸太郎は立ち上がった。「そうそう。伝三郎さんに頼んでおいた。勘助さんにいい人がいるかどうか、確かめといてって」

「何で、そんなことを――」

「だって、気になるんだろう。勘助さんが綺麗な女と歩いてたことをさ」

勝ち誇ったような笑みに、頬がかっと熱くなった。

「このっ！　またぞろ余計なことを！」

文机の傍にあった反故紙を弟に向かってぶつけると、おっと、と身をかわし、跳ねるようにして部屋を出て行った。

開け放した障子から夕刻間近の風が吹き込み、火照った頰を冷ましてくれる。

ふと、伝三郎の言葉が脳裏に浮かんだ。

――なるほど。半沢の旦那がおめぇらを上手く使えって言ったのは、そういうことか。

なぜ、半沢は幸太郎が幽霊が見えることを知っているのだろう。

四

似顔絵を渡してから五日も経つのに、伝三郎は姿を現さない。

――うるさいっ！　あんたなんかにあたしの何がわかるんだよ。

あんなふうに中座したから顔を合わせるのはもちろん気まずいのだが、幽霊の正体を早く知りたいのだ。

「ったく、遅いよ。あのぼんくら」

炊けたばかりの飯をお櫃《ひつ》に移しながら、おけいはつい毒づいた。鼻先に甘い湯気がふわりと立ち上り、おけいの吐いた毒を散らしていく。

「ぼんくらってのは、勘助さんのことかえ」

茄子の味噌漬けを甕《かめ》から取り出しながら祖母のおのぶが訊いた。

「いや、違うよ。伝三郎のことさ」

「あれま、伝さんといつの間に仲良くなったんだい」

言いながら取り出した茄子を桶の水にくぐらせて水気を拭いた後、まな板の上で手際よく刻んでいく。今日の昼はこれに青じそと胡麻をまぶして茶漬けにするのだ。

「仲良くなんかなってないよ。大伝馬町の件で頼んでることがあるんだけど、なかなか顔を出さないんだ」

本音を言うと、以前とはほんの少しだけ見方が変わっている。

――あの人、そんなに嫌味な人じゃないし。菊野屋のお奈津さんとだって仲がいいし。

幸太郎の言う通りなのかもしれない。でも、心の垣を取り除くのはなかなか難しい。九年の間に枝葉が茂り、棘《とげ》だらけの蔓が絡み合っている。

「頼み事だなんて、あんなに毛嫌いしてたのにねぇ――」

ころころと祖母が笑ったときだった。威勢よく廊下を踏む音がして、

「姉ちゃん！　待ち人来る、だぜ。祖父ちゃんの部屋だ」

厨《くりや》からすぐの板間に幸太郎が顔を覗かせ、すぐに引っ込んだ。

「あら、その〝ぼんくら〟がやっとお出ましみたいだよ」

茶漬けがもう一人前要るね、と祖母は笑い、仕舞った味噌漬けの甕をもう一度手に取った。

「昼飯時に来るなんて。きっとわざとだよ」

しょうがないな、と言いながらおけいは前垂れを外すと板間に上がった。古い仕《し》舞《もた》屋《や》だが広さだけはある。厨の続きの板間を出ると、すぐに居間があり、そこを抜けると、廊下に沿って四間の座敷が並んでいる。一番手前を祖父の部屋にしているのは客人が多いからだ。そこから祖母、幸太郎と並び、おけいの部屋はいっとう奥だ。

でも、どうして祖父の部屋なんだろう、と思いながら足を踏み入れた途端、おけいは固まった。

待ち人とは、伝三郎ではなく勘助であった。

それだけじゃない。その隣には若い女がかしこまった面持ちで座っていた。いつだったか、勘助と一緒に甘味茶屋から出てきた女だ。淡い蓬色《よもぎいろ》の着物に黒繻子の帯と、先とは違ってかなり地味な装いだが確かにあの女に違いない。黒々とした睫《まつげ》に縁取られた切れ長の目に通った鼻筋、唇は大きすぎず小さすぎず。安房屋の小雪より派手だが負けず劣らずの美貌だ。小雪が純白の百合なら、こちらは真紅の牡丹《ぼたん》といったところだろうか。だが、なぜここにいる。

「何だ、そんなところに突っ立って」

祖父の声で我に返った。

「ずいぶん遅いね、勘助兄さん」

引きつりそうな唇から出たのは、勘助への皮肉だった。半月ほどで様子を見に来るといったくせに、もうひと月以上も経っている。

「ちょいと忙しくてね」

その女のことでかい。すんでのところで続く言葉を呑み込んだ。幸太郎と二人で挟むようにして祖父の隣に座る。不機嫌を顔に出すまいと思えば思うほど、自分のものではないように頬が引きつっていく。大伝馬町で二人を見かけた際の、胸がちりちりと灼ける音まで聞こえてきた。

「今日は古茶先生の原稿を受け取りに伺ったのと、それとは別に折り入ってお願いがありまして」

勘助が涼やかな目を祖父に向けた。

「うむ」と祖父が頷き、その先を続けるように促した。

「実は、こちらは桜木華絵《さくらぎはなえ》さんといいまして――」

勘助が売り出そうと考えている戯作者らしい。幽霊譚を得意にしているのだが、その筆致はこの若さにして熟練の味わい。ことに女の心の機微《きび》を書かせたら絶妙。既に原稿はほぼ完成しているという。

「で、華絵さんは、古茶先生の『雪姫道中奇談』の挿絵をいたく気に入り、ぜひとも幸太郎さんに挿絵をお願いしたいと熱望いたしている、という次第で」

勘助の言葉を受け取るように華絵がひとつ頷き、その先を続けた。

「ぜひ、お願いします。幽霊が生き生きしているというのも妙ですが、まるで見たかのように描けるのは、本物の才だと感心いたしましたの」

黒々とした大きな目で幸太郎に熱い眼差しを送る。

幸太郎当人は、すべすべの眉間に皺を寄せ、何やら難しい顔をしていた。

「わしは別に構わんよ」

祖父が淡々とした声で返し、幸太郎をちらりと見た。

「では、お願いできるのですか」

女が喜色満面《きしよくまんめん》で身を乗り出すと、

「すみませんけど、お断りします」

幸太郎がきっぱりと告げた。

一瞬の間があいた。華絵は呆気《あっけ》に取られたように幸太郎を見つめていたが、不意に我に返ったように背筋を伸ばした。

「どうしてですか。古茶先生がいいとおっしゃっているのに」

口を尖らせ、あからさまに不満そうな面持ちになる。その口吻《こうふん》に、高慢で勝ち気な地金が覗いた。

「祖父ちゃんがいいと言ったって、描くのはおれですから」

こちらはこちらで喧嘩《けんか》を売るような物言いだ。でも、勘助と華絵には悪いけれど、少し気持ちがいい――とおけいが胸裏でほくそ笑んでいると、

「難しいわけを教えてくれるかい」

勘助がなだめるような声音で言った。

「祖父ちゃんのだけじゃなく、姉ちゃんの戯作のほうで忙しいからです」

ちょっと待ってよ。あたしの戯作ってどういうこと？　おけいは前屈みになると、祖父の向こう側にいる幸太郎を覗き見た。勘助を真っ直ぐに見返したその面持ちには険がある。華絵だけでなく、勘助も気に入らないのか。

「――おけいの戯作？」

その勘助が僅かに眉をひそめ、おけいのほうを見る。慌てて居住まいを正したが、つい俯き加減になった。

「そうです。姉ちゃんは大作を書き始めてます。ちょいと今までにないような、すごいやつですよ。祖父ちゃんも真っ青になるくらいの」

な、姉ちゃん、と幸太郎は首だけ前に出して、おけいへ真剣な眼差しを送ってきた。

話を合わせないと後でぶんなぐるぞ、くらいの面持ちだ。幸太郎とおけいの間で祖父は他人事《ひとごと》のように涼しい顔をしている。勝手にやれ、ということらしい。

ええい、ままよ。

「そう。ようやく書き始めたんだ。幽霊がたくさん出てくる話。だから、幸太郎は忙しくなると思う」

嘘をつくのに慣れていないからか、心の臓がきゅっと縮み上がる。

これでいい？　おけいが目で問いかけると、幸太郎は深々と顎を引き、前を向いた。

「勘助さん。楽しみにしててよ。なんと言っても、鬼才、寄木古茶の孫二人が組むんだ。評判にだってなるだろう。万書堂の広めにだってなるだろうよ」

幸太郎の舌疾《したど》に押され、

「そりゃ、まあな」

勘助は苦笑交じりに頷いた。

だが、華絵の美しい顔は強張《こわば》り、朱が差している。

「わかりました」華絵が昂然《こうぜん》と顔を上げた。「そういうことなら仕方ありません。でも、勘助さん。お願いがあります」

勘助さん――。胸がずきりとした。万書堂さんでもなく富士屋さんでもなく、勘助さん。人前でそんなふうに呼ぶ仲なのか。

「私の戯作と、こちらの――名は存じませんけど――古茶先生のお孫さんの戯作を同時に出してくださいまし」

首根をがつんと殴られたような気がした。嫉妬めいた胸の痛みを忘れるほどの衝撃だった。同時に出すって、この女、何を言ってるんだ。

「いいですね。そうしましょう」

にこやかに応じたのは幸太郎だ。口元は笑っているが、その目は見たこともないほど吊り上がっている。

売られた喧嘩、姉弟で買ってやろうじゃないか。そんな目だ。

華絵も一歩も引かない。美貌の二人の間には飛び交う火花が見えそうだった。迂闊《うかつ》に触れようものなら破裂しそうなほどの気が座敷に満ちたとき、

「おけい、勘助さんに渡す原稿を持っておいで。清書は仕上がっているだろう」

祖父の柔らかな声がした。

「わかった」

ほっとしておけいは立ち上がり、祖父の原稿を取りに自室に戻る。

廊下に出ると、茶の載った盆を携えた祖母が気まずそうな面持ちで立っていた。

（何だかぴりぴりして入れなかったよ）

口だけでそんなふうに告げ、座敷へ入っていった。


それから程なくして、客の帰った座敷である。

「ったく、時分時に訪ねてくるなんて勘助さんもひどいよな」

茄子の味噌漬けと胡麻に青じそを載せた絶品茶漬けを、幸太郎は文句を吐き出しながらかき込んでいる。既に二杯目だ。

そうだね、と言いたいのに言えずにおけいはまだ茶碗の半分をぼそぼそと食べている。祖父はそんなことには我関せずとばかりに茶漬けを食べ終え、食後の葛

きりに取り掛かっていた。〈村雨〉に行って以来、祖父は葛きりに夢中になり、しょっちゅう祖母に買いに行かせているのだ。

それにしても、幸太郎はどうしてあんな大風呂敷を広げてしまったのだろう。確かに安房屋の件には幽霊が絡んでいるけれど、真相はまだまだ闇の中だ。

「そういや、女の幽霊が出たそうだな」

葛きりを食べ終えた祖父が熱い茶をすすりながら言った。

「うん。あたしは見てないけど」

「その幽霊、泣いていたんだろう」

湯飲みを膳に戻し、祖父は幸太郎へ眼差しを送る。

「うん。ぶち猫を抱いて泣いてた。あれはたぶん、安房屋に関わる人だよ。格好からすると女中さんじゃないかな」

幸太郎が二杯目の丼を手にしたまま答えた。

「その女の素性がわかるといいな。そこから物語の糸口が摑めるかもしれんぞ」

祖父が嬉しそうに言う。

「でも、どうやってその人と話せばいいのさ」

この間もすっと消えてしまったというのに。

「馬鹿だな、おけいは」祖父が白い眉をひそめた。「そこからが戯作者の腕の見せ所だ。例えば近松を考えてみろ。奴がお初《はつ》や徳兵衛《とくべえ》の気持ちを知っていたと思うか」

お初と徳兵衛――『曽根崎心中』の下敷きになった男女の名だ。

「まあ、近松が幸太郎と同じく幽霊が見えて話ができたのなら別だがな」

祖父は小さく笑い、言葉を継いだ。「近松は嘘を書いたんだ」

「嘘？」

「そうさ。戯作なんてものは大嘘だ。だが、大嘘でいいんだ。その中に大きな真実がひとつでもあれば。おめぇ自身がこないだそう言ってたじゃねぇか。下手なのは物語に芯がねぇからだって」

祖父は皺んだ目を細めた。

そうだった。おけいが書いた安房屋夫婦の心中話には芯がない――つまり夫婦の心がわからないから陳腐に感じられたのだった。

「その幽霊は猫を抱いて泣いてたんだろう。だったら、泣いてた理由があるはずだ。それは想像するしかねぇんだよ。けど、想像ってのは無からはできねぇ。事実を積み重ねてこその想像だ」

祖父は美味そうに茶をすすった。

事実を積み重ねてこその想像。

その言が胸の柔らかなところにくっきりと刻まれた。祖父を見て重々わかっていたつもりなのに、少しもわかっていなかった。

「おれはさ」と幸太郎が口を開いた。「姉ちゃんは敏《さと》くはないけど、心の鈍い人じゃないと思ってるよ」

「何よ。それ、言ってることの平仄《ひょうそく》が合ってないじゃないか。敏くはないけど鈍くはないって」

「合ってるよ。姉ちゃんは姉ちゃんが思ってるほどぼんくらでもないよ。だから、おれはあの女の喧嘩を買ったんだ。姉ちゃんなら勝てると思ってさ」

「喧嘩って。あんたが売ったんだろうよ」

「いや、あっちが売ってきたんだ」

「どういうこと？」

おけいの問いに、幸太郎は苦笑を洩らした。「そういうところが、姉ちゃんは敏くないのさ。ま、太平楽ってこと」

まだわからない。おけいの目には華絵が喧嘩を売ってきたとは思えなかった。

華絵が勝ち気を覗かせたのは、幸太郎が挿絵の依頼を断ってからだ。

「わかんないかな」

　弟が肩をすくめた。

「うん、わかんない」

「あの女、いっぺんも姉ちゃんのほうを見なかったんだ。それこそ、姉ちゃんはあの女に幽霊みたいな扱いをされてたんだぜ。姉ちゃんの名も知らない、とかほざいてたじゃねぇか。そのくせ、姉ちゃんが〝勘助兄さん〟って呼んだときは顔を引きつらせてたんだ。もう怖いくらいだった」

　そうだったのか。気づかなかった。

「わかっただろう。そういう女なんだよ。あの桜木華絵って女は。そもそも、いきなり訪ねてくるところも図々しいじゃねぇか。先ずは勘助さんから話があって、で、感触がよければ、改めてお願いに上がるってのが筋だ。第一、寄木古茶大先生の原稿を取りに来るついでだなんて、おこがましいにもほどがある」

　憤懣《ふんまん》遣《や》るかたないという表情で幸太郎はぶちまけた。威勢よくぶちまけすぎて、飯粒まで畳に飛んでいる。でも、どうしてこんなに怒っているんだろう。

「幸ちゃんは、姉ちゃんが本当に大好きなんだねぇ」

しみじみとした口調で、祖母がおけいの前に葛きりを置いた。

ちげぇよ、そういうんじゃねぇよ、と幸太郎が怒ったように言い放ち、おかわりっ、と丼を差し出した。はいはい、とにこにこしながら祖母が丼を受け取り、お櫃からご飯をよそる。

そうか。姉が幽霊みたいな扱いをされてたのが、気に入らなかったのか。なかなか可愛いじゃないか、とおけいの頬はほわんと緩む。と、そのとき。

「ごめんくだせぇ」

戸口のほうで大声がした。あのがらがら声は。

「今度こそ、待ち人来るだ。姉ちゃん、その葛きりはおあずけだ」

早く出迎えてやんない、と幸太郎は三杯目の丼飯を受け取りながら、戸口のほうを目で指した。


寺がずらりと建ち並ぶ通りから一歩奥へ入れば、仕舞屋や長屋が密集する、暮らしのにおいの漂う町になる。

その町の小さな二階建ての家作におりくの妹は住んでいるという。おりくというのは、ぶち猫を抱いて泣いていた大柄な女の幽霊の名である。やはり、安房屋に奉公していた女中であった。

伝三郎は似顔絵を持って安房屋の近所を訪ね歩いたという。安房屋の三軒隣の味噌屋の女中がよく知っており、

——ああ、この泣きぼくろはおりくさんじゃないかね。今頃どうしているんだろうね。

目を潤ませたという。近所の女中同士ということもあり、買い物の際に一緒になるとよく話したそうだ。

おりくは大柄で男並みに力があったが、心根は優しかったので近所の者にも好かれていたという。幼い女中が細い腕で水汲みなどをしているのを見かけると、他所《よそ》のお店のことでも手を貸してやったそうだ。丈夫で気働きが利くので、安房屋ではずいぶんと重宝していたのではないか、と味噌屋の女中は言ったという。

おりくさんってのは、いつ頃から安房屋にいたんだい、と伝三郎が訊くと、

——小雪さんの乳母《うば》として入ったって、本人からは聞いたよ。

その当時、おりく本人が乳飲み子を亡くしたばかりだったそうだ。乳が出るからという理由で知り合いの口入屋から声を掛けられたという。小雪が幼い頃は、よくねんねこで背負い、あやしていたのを見かけたこともあると、味噌屋の女中

は言ったそうだ。

ところが、六年ほど前にいきなり暇《ひま》を出されたという。仔細はわからないが、お内儀さんと反《そ》りが合わなかったような話は耳にしたよ、と味噌屋の女中は続けたらしい。ただ、内儀とどんないざこざがあったのかまでは知らないという。

——おりくさんは店の主人の悪口を言うような人じゃなかったからね。でも、お内儀さんがおりくさんに怒鳴ってるのを見たって人が結構いるんだよ。あんなにいい女中を人前で叱るなんてさ。まあ、坊主憎けりゃ、っていうことだったのかもしれないけどね。

その他に知ってることはないか、と伝三郎が問うと、

——そうそう。万年町《まんねんちょう》に妹さんがいるって聞いたよ。およしって名だったかな。常磐津《ときわづ》のお師匠さんをやってるんだって。暇を出されたからしばらくはおよしに厄介になる、って言ってたねぇ。息災だといいけど。

女中は懐かしむように目を細めた。おりくが亡くなったことまでは知らぬようだった。

万年町。常磐津の師匠。およし。

それだけで伝三郎はおりくの妹の所在を探り当てたのだ。

――伝さんは頭が切れるから。引っ張りだこみたいだよ。

お奈津の言もあながち嘘ではないのかもしれない。

先を行く甘酒売りに、おじさぁん、と子ども二人が駆け寄っていくのを見ながら、

「六年前ってことは、小雪さんが十四歳のときか。その頃に何かあったのかな」

おけいは呟くように言った。少し慣れてはきたものの、やはり面と向かっては話しづらい。

「どうだろうな」伝三郎も宙に向かって答えた。「ただ、おりくが内儀と反りが合わなかったっていうのは本当らしいな。味噌屋の女中の他にも、そういう話は聞いたぜ。内儀がおりくにつらく当たってたらしいってな。安房屋の番頭に訊けばいいんだろうが、本当のことを話してくれるかどうか、わからねぇからな」

番頭ともなれば、安房屋に対する忠誠心はことのほか強いだろう。何より、これから歳若い主人を支えていかねばならないのだ。お店の評判をこれ以上悪くするようなことは言うまい。

「反りが合わなかったのは、おりくさんが小雪さん贔屓《びいき》だったからかもね。だって、赤ん坊のころからずっと一緒だったんだから」

続くおけいの〝独り言〟に、そうかもな、と伝三郎も呟くように返した。だが、その後が続かない。おじさん、おまけしてくんな、と甘酒売りにせがむ子どもの声が間を埋める。

「でも、それは殺された内儀が小雪さんを嫌っていたら、ってことだよね。それって推測に過ぎないだろう」

甘酒売りの横を通り過ぎてから、幸太郎がおけいの言に異を唱《とな》える。

「その通りだ」

伝三郎がやけに力強く頷いた。

どっちなんだよ、と言いたくなるのをこらえながら、横を歩く男の顔を盗み見ると切れ長の目とぶつかった。

伝三郎は慌てたように目を逸らし、また宙に向かって喋る。

「まあ、人から聞いた話をすべて信じると道を誤っちまうこともあるからな。世の中には義理の母子でも上手くやっている家もある」

気まずいのはお互い様か、とおけいが溜息を呑みくだしたとき、

「おっ、ここだ」

伝三郎が小さな二階家の前で立ち止まった。

長屋の木戸には店子《たなこ》の名と生業《なりわい》が書かれた札が張ってあるのを見かけるが、小ぢんまりとした家作には看板も何もなかった。ただ、耳を澄ませば微かな三味の音がちんとんしゃらりと聞こえてくる。

「お弟子さんが来てたらどうする？」

　幸太郎の問いに、

「待たせてもらえばいいだろう。まだ日暮れには早い」

　そう答えると、伝三郎は戸口の前に立った。ごめんくだせぇ、と例のがらがら声を張り上げる。

　途端に三味の音がやんだ。ぱたぱたと床打つ足音がして、障子戸ががらりと開いた。

　現れたのは四十路前くらいの小柄な女だ。秋らしく竜胆《りんどう》の花を散らした小袖に濃紫の帯を締めている。目元の涼やかな色白美人だ。

「お忙しいところ、すみませんね。こちらさんはおりくさんの妹さんのお宅ですかい」

　伝三郎はいつもより、やや高い声で訊いた。

「はい、そうですけど。どちらさんで」

女は訝しげに伝三郎を見、その背後にいるおけいと幸太郎を覗くようにして見た。

「あっしは木挽町の伝三郎ってもんです。で、こっちは」

「同じく木挽町のけいと、弟の幸太郎です」

おけいが名乗ると、

「お忙しいのに、突然お邪魔してすみません」

鈴の転がるような澄んだ声で幸太郎が詫びた。眉を下げて済まなさそうな顔をしてみせる。途端に、およしの眉間の強張りがほっと緩んだ。

「で、何の用ですか」

およしは少し和《やわ》らいだ口調で問うた。

「実はひと月ほど前に安房屋のご夫婦が亡くなりましてね。で、おりくさんが以前に奉公してたというので、当時のお話を聞かせてもらえればと。一応こういうもんです」

伝三郎は懐の十手をちらりと見せた。女の顔が再び強張った。

「ああ、心中事件ですね。けど、あたしの姉さんは、あの件には何の関わりもありませんよ。だってもうこの世には――」

「わかってます」と幸太郎が優しい声色でそれを遮《さえぎ》った。「ずいぶんとつらい目にお遭いになったんですよね。ぶちの猫だって可愛がってたのになぶり殺されて。お姉さんは猫を庇ってお内儀さんに叩かれたんでしょう」

澄んだ目に涙まで浮かべている。

「どうしてそれを――」

およしは大きく目を瞠った。

いちかばちかの推察が当たったようだ。すかさずおけいは半歩前へ出る。

「この子、安房屋の近くでおりくさんとぶち猫の幽霊に会ったんです。猫を抱きながらおりくさんは泣いていたそうです。お願いです。おりくさんのことについて、知っていることをお話しいただけませんか」

おけいの懇願《こんがん》に、およしはしばらく思案顔でいたが、わかりました、と溜息《ためいき》を混ぜたような声で承知した。

「姉さんは、安房屋を出されてからも、小雪お嬢さんをずっと案じていました。だから、魂《たましい》になっても、未だに大伝馬町にいるんでしょう」

五

〈おりくの目〉

おりくは長い廊下を拭き終わると、立ち上がって大きな溜息をついた。

最前見聞きしたばかりのものが頭の中にこびりつき、いっこうに離れてくれない。

ほんの半刻前のことだった。小雪お嬢さんが池の縁に屈《かが》んで中を覗き込んでいた。折しも菖蒲《しょうぶ》が美しい季節で、小さな池の水鏡には濃紫の花が朧《おぼろ》に映っていた。ああして菖蒲を愛でているのだろうか、と微笑《ほほえ》ましくも感じたが、まだ十歳の幼い身。夢中になりすぎて落ちたら大変だ。いま少し退がって眺めるようにたしなめよう。

おりくはそっと近づき、びっくりさせぬように低い声で声を掛けた。

「お嬢さん、何を見てるんですか」

すると、小雪お嬢さんはおもむろに振り向き、大きく目を瞠った。驚かせてしまったかな、と苦笑しながらおりくが言葉を継ごうとすると、お嬢さんはこう言った。

「おまえは、誰だえ」

それこそびっくりした。あまりのことに眩暈《めまい》がしたほどだ。

おりくは小雪お嬢さんの乳母だ。女中という立場ではあるものの、我が子同然と思い、慈《いつく》しんできたつもりだし、小雪お嬢さんもおりくに懐き、もっと幼い頃にはお傍についていないと夜も眠れなかったくらいなのだ。そのお嬢さんが、あたしがわからないなんてそんなはずがない。

「お嬢さん、お戯《たわむ》れですか。あたしはりくですよ」

にっこり笑ってみせた。すると、小雪お嬢さんは眉をひそめてこう続けた。

「おりく……。はて、初めて見る顔やけど。ま、ええわ。おっかさまはおらんみたいやから。あの方がおると、うるそうてかなわんさかい」

驚きでおりくは息が止まりそうになった。小首を傾げて喋る姿はとても十歳の少女のものとは思えなかった。しかも、上方《かみがた》言葉だなんて――

「ああ、そうや。あんた、おりくはんと言わはったかな。うちをお嬢さんと呼ぶなんて、おかしいわ。お内儀はんか、お千《ち》代《よ》はんでええよ」

小雪お嬢さんは大人の女のようにほほほと笑い、ほんに綺麗な菖蒲、とまたぞろ池のほうへ顔を向けた。水鏡を見つめながら、ぶつぶつと何かを呟いている。はっきりとは聞こえないが、半兵衛《はんべえ》はん、はよ戻らへんかしら、と言っているようだ。

あたしは夢を見ているのだろうか。毎日忙しすぎて頭がおかしくなってしまったのだろうか。

お嬢さん——再び声を掛けようとすると、小雪お嬢さんはついと立ち上がり、右手で後れ毛をかきあげた。大人びた仕草におりくが呆気に取られているうちに、お嬢さんはすたすたと縁先へ向かい自室へと戻られてしまったのだった。

あれは何だったのだろう——おりくは庭の池を見、庭を挟んで向こう側にある小雪お嬢さんの部屋を見た。障子は固く閉じられており、中の様子は伺えない。でも、恐らくまた本を読んでいるのだろう、とおりくは思った。

小雪お嬢さんは本を読むのが大好きだ。幼い頃はおりくが絵草紙を読んで差し上げたのだが、八歳くらいからはご自分で読まれるようになった。近頃は大人が読むような本、近頃流行《はや》りの挿絵入りの読本なども旦那様にねだって手に入れては読んでいるようだ。もしかしたら、大人びているとは言え、まだ十歳の子どものこと、本の世界にかぶれて自らのことを〝お千代〟だなどと言ってみせたのかもしれない。

おりくは気を取り直すと、拭き終わったはずの廊下をまた磨き始めた。磨いても磨いてもなお物足りないような気がして、おりくは雑巾を握る手に力をこめた。

それからひと月半ほどが経った頃だろうか。おりくが母屋へ近づくと、小雪お嬢さんがまたぞろ池の傍でぼんやりと立っていた。

空は鈍色《にびいろ》に覆われ、今にも泣き出しそうだった。その空をぼんやりと見上げるお嬢さんも何だか泣いているように見えて、俄かに心配になってしまった。またお内儀さんに叱られたのかもしれない。お内儀さんの小雪お嬢さんへの当たりの強さは近頃目に余るものがある。ほんの数日前だったか、お嬢さんに対して野良犬でも追い払うようにして言い放ったのだ。

――なんて気味が悪いこと。あんたの顔なぞ見たくもない。傍に寄らないでおくれ。

何が気味が悪いもんか。あんなに美しくてお優しい娘は滅多にいるもんじゃない。

心の中で内儀のお喜代を罵《のの》ったとき、すぐそこの八つ手の葉に大きな雨粒が落ち、音もなくつうと流れた。だが、小雪お嬢さんは池の傍で身じろぎもせずに空を見上げている。おりくは下駄を突っかけて庭に降りた。

「お嬢さん、雨が降ってきましたよ」

振り返ったお嬢さんの顔を見て、おりくは大きく息を呑んだ。頬には幾筋もの涙が流れていたのだ。

「お嬢さん――」

どうされたんですか。言いさした言葉は胸の奥へと引っ込んでしまった。

「半兵衛はん、いつ戻るんやろ。はよ、戻ってくれへんと、うちはここを追い出されてしまう」

そう言って、お嬢さんはおりくの胸にすがって泣きじゃくったのだ。

あの時と同じだ。

上方言葉で喋り、「半兵衛はん、はよ戻らへんかしら」と独りごちていた。そして、自らのことを何と呼んでいただろう――そうだ。

「お千代さん、大丈夫ですよ。あたしが味方についてますから」

恐る恐るおりくはそう呼びかけてみた。すると、小雪お嬢さんはゆるゆると顔を上げ、涙の溜まった目でおりくを真っ直ぐに見上げた。

「ほんまに。ほんまにうちの味方についてくれる?」

透き通った目はこの世のものとは思えぬほどに綺麗だった。

「ええ、本当です。りくはお千代さんの味方ですよ」

そんなふうに話を合わせ、おりくは深々と頷いていた。

やっぱり、お嬢さんはおかしい。だが、そう思いながらもその日のことはおりくの胸の中に仕舞い込み、きっちりと閂《かんぬき》をかけた。

その翌日。昨日の雨は夜半にはやみ、夏の陽が差し込んだ裏庭では生垣の青葉がきらきらと水滴を弾いていた。朝餉《あさげ》の片付けを終え、おりくが裏庭で洗濯物を干していると、小雪お嬢さんがにこにこと笑いながらやってきた。手には一冊の本を抱えている。『心中宵庚申《しんじゆうよいごうしん》』という題名が見えたが、おりくにはどんな本かわからない。

「おりく。今日は、手習所から戻ったら本屋さんに連れて行ってちょうだいな。一朗太に千代紙で金魚を折ってやる約束をしたの。それと新しい本も見たいのよ。おとっつぁんにおねだりしたら、おあしをたくさんくれたから」

おりくに甘える姿は、昨日の艶かしい〝お千代〟ではなく、いつもの小雪お嬢さんだった。昨日のあれは何だったのか。やはりあたしは夢を見ていたのだろうか。

それとも――お嬢さんにはお千代という悪い霊が憑いているのだろうか。

いや、悪い霊なぞ憑くはずがない。新しい本――そうだ、やはり本の読みすぎなのかもしれない。

「お嬢さん。本もいいですけど、他のこともなさったらいかがです。例えば、お内儀さんのように胡弓なんてどうですか。それこそ、旦那様におねだりなさったら――」

「いや」

おりくの言葉はきっぱりと断ち切られた。激しい語気におりくが戸惑っていると、

「胡弓だけは嫌なの。どうしてかわからないけど、何だかあの音を聞くと――」

そこでお嬢さんは口を噤《つぐ》んだ。何かをこらえるように唇を嚙み締めていたが、

「あたしには向いてないと思うの。あたしは本を読んだり、何かを書いたりしているほうが好きだから」

にっこり笑ったけれど、どこか無理しているような表情だった。

それから数日後のことである。

「お嬢さん。今日こそは湯屋に行きましょう。梅雨時ですからべたべたするでし

ょう」

湯屋へはおりくがいつも一緒についていく。だが、ここ数日小雪お嬢さんは具合が悪いからと行きたがらなかった。

月のもの？　まさか十歳で来るはずがない。それにお嬢さんは特段、大柄というわけでもないし。

「でも、少しにおいますよ」

おりくが顔をしかめてわざと鼻をつまんでみせると、お嬢さんは困ったような顔になり、背中が痛いの、と内緒話を打ち明けるように低い声で言った。

「背中が？　どうしたんです？」

「どうもしない。けど、たまに痛くなるの。湯にしみるかなと思って。だから」

そこでお嬢さんは痛みをこらえるような顔をした。ああ、これは湯に入りたくないから言い訳をしているのだ、とおりくは思った。この頃は本ばかり読んでいるから、湯屋に行く時間ももったいないのだろうなと。

「わかりました。じゃあ、湯には浸からなくていいから、汗だけ拭いましょう」

おりくにお任せくださいまし、とおりくは少し厳しい顔を作って胸を叩いた。

そこでようやくお嬢さんはこくりと頷いた。

夕刻になる前のまだ空いている時分におりくはお嬢さんを連れて湯屋へ出かけた。

「本当にしみない？」

小雪お嬢さんは道々何遍も訊き、そのたびに、「ええ、しみませんよ」とおりくは答えていた。

だが、脱衣場で襦袢を脱いだお嬢さんの背中を見ておりくはあまりのことに絶句した。

小雪お嬢さんの白い肌の上には幾条《いくすじ》もの赤い痣《あざ》が走っていたのである。

「お嬢さん、これ、どうしたんです」

おりくは思わず小雪お嬢さんの背を襦袢で隠しながら訊いた。

「わかんないの。いつの間にか痛くなっているの。ねえ、おりく。あたしの背中、どうなってるの？」

こんなにもなっているのに、その理由がわからないなんて。でも、こちらを見上げるお嬢さんの目に嘘はなかった。

――胡弓だけは嫌なの。どうしてかわからないけど、何だかあの音を聞くと――

ふと数日前の小雪お嬢さんの言葉が蘇った。胡弓は三味よりも少し小ぶりな楽器だが、三味と違うのは馬の毛を張ったという長い弓で弦を弾くということだ。その弓の形状と背中の赤い痣がぴたりと重なった。

まさか、お内儀さんがこんなひどいことを。

——なんて気味が悪いこと。あんたの顔なぞ見たくもない。傍に寄らないでおくれ。

いつだったか、お嬢さんの顔を見てそんなふうに追い払ったことがあったが、ここまで嫌っているとは。妾の子とはさほどに憎いものなのか。

十年前、おりくは最愛の夫と子を喪《うしな》った。質《たち》の悪い風邪《かぜ》が耐え難い悪臭のように長屋に立ち込め、夫と子以外にも数名が命を落とした。夫と子が果敢《はか》なくなった日、おりくは五尺七寸の丈夫な体を生まれて初めて呪った。二人と一緒に自分も死にたかったと心底から願い、食事をするのも申し訳ないように思えた。

それなのに、亡くなった子に飲ませていた乳は搾《しぼ》っても搾っても出続けた。飲ませる当てもないのに、乳は痛いほど張り詰めた。

そんな折、口入屋の親父が乳母の話を持ってきたのだ。実母は子を産んですぐに亡くなり、その子は大店の養女として引き取られた。ために、乳の出る女を守役として探している、というようなことを親父は言った。

しかも、赤子は亡き子と同じく女の子だという。これは神様のお導きだとおりくは思った。

初めて会った赤子は玉のように美しい子で小雪という名だった。そのうちにその小雪お嬢さんが単なる養女ではなく、主人の妾の子だということがおりくの耳にも入ってきた。実の父である旦那様は小雪お嬢さんを猫かわいがりしていたが、なにぶん、油屋の主人として多忙な身。上方の油問屋だけでなく、上総《かずさ》の百姓からじかに菜種油を買い付けていることもあり、しょっちゅう家を空けていた。お内儀さんは坊主憎けりゃ袈裟《けさ》まで憎い、というのか、小雪お嬢さんをいないもののように扱っていた。

だから、おりくの小雪お嬢さんへの愛情はいっそう深くなったのだ。我が子とは比べるべくもなく美しい子だったが、母を亡くした子と子を亡くした母。これも何かの縁、とおりくは小雪お嬢さんを大切に大切に慈《いつく》しんできた。その可愛い子が、我が子同然の子が、こんなにむごい仕打ちをされている。そう思っただけでおりくの胸はねじ切れるようだった。

「大丈夫ですよ。おりくが守って差し上げますからね」

おりくは小雪お嬢さんの身をそっと抱いていた。

だが、その後も小雪お嬢さんはひと月に一度くらいの割合で背中が痛いと言った。そのたびに確かめてみると、やはり胡弓の弓で叩いたような赤い痣が白い肌に刻されていたのだった。

だが、不思議なことに小雪お嬢さんはそのときのことを憶えていないのだ。胡弓を嫌がっているようだから朧げにはわかっているのか。あるいは、義母であるお内儀さんへの遠慮からはっきりと言えずにいるのか。だが、

――わかんないの。いつの間にか痛くなっているの。

そう告げたときの目には微塵《みじん》も嘘がなかった。これはいったいどういうことなのか、と思案するおりくの頭に、いつかのお嬢さんの言葉が浮かび上がった。

――うちをお嬢さんと呼ぶなんて、おかしいわ。お内儀はんか、お千代はんでええよ。

次いで、お内儀さんの棘をたっぷり含んだ言が蘇った。

――なんて気味が悪いこと。あんたの顔なぞ見たくもない。傍に寄らないでおくれ。

もしかしたら、お嬢さんが〝お千代〟さんになっているのをお内儀さんは見た

のかもしれない。そして、お嬢さんを胡弓の弓で折檻《せっかん》している。けれど、〝お千代〟さんになっている小雪お嬢さんはそれを憶えていない――

いや、そんな馬鹿なことがあるだろうか。

自らの考えを打ち消しながら、さらに別の思案が頭に飛び込むのを感じた。

まさか、と思いながらも、どうしてもそれを打ち消すことはできずに、おりくはもやもやしたまま、その日の夜を待った。

「お訊ねしたいことがあるんです」

夜も更けてからおりくが訪ねたのは、安房屋の番頭、平蔵の部屋だった。先代から仕えているというこの老番頭ならば、旦那様のこともよく知っていると思ったのだ。先代の大旦那様がお亡くなりになったとき、平蔵は枕頭に呼ばれて旦那様を支えるように託されたという。それくらい、大旦那様に信を置かれていたのだ。

「なんだい。そんな怖い顔をして」

平蔵はくしゃくしゃに笑いながら、おりくに向き直った。行灯《あんどん》が淡く映じた顔には無数の皺があった。歳を取ると誰でも皺ができるけれど、その皺には生き様が表れるとおりくは思っている。眉間に深く刻まれた皺などを見ると、この人はいつも何かに怒っていたのかとつい目を背けたくなる。だが、平蔵の皺は優しく温かい。この人は周囲に対してそんなふうに接してきたのだろう。だから、十名いる手代も、おりくを含めて三人の女中もこの老番頭を慕っているのだ。

「小雪お嬢さんのことです」

途端に平蔵の顔が強張った。こんな顔を見るのは初めてで、おりくのほうこそ無理やり棒を飲まされたみたいに身が動かなくなってしまった。平蔵はその顔のまま、

「何か、厄介事でもあったかい」

辺りを憚《はばか》るような囁《ささや》き声で訊いた。

「お嬢さんの実の母親、つまり、旦那様のお妾さんの名をご存知ですか」

途端に強張った顔が緩んだ。「他言は無用だよ」と平蔵は釘を刺した後、低い声で告げた。

「お千代さんだ。葬儀の諸々など、わたしが手配りをしたからね。よく憶えているよ」

さっき飲み込んだ〝棒〟がすとんと下へ落ちたような気がした。

「やっぱり」

そんな言が思わずこぼれ落ちていた。

「なんだい、そのやっぱりっていうのは」

眉をひそめる平蔵へ、おりくはこれまでの経緯をすべて話した。

お嬢さんが自らのことを「お千代」と名乗るときがあること。どうやら、そういうときにお内儀さんに胡弓で叩かれているらしいこと。でも、そのときのことをお嬢さん本人は憶えていないことなどを語った。

平蔵は黙って聞いていたが、開口一番、それは妙だね、と言った。

「何が妙なんです」

「小雪お嬢さんは、実の母親の名など知らないはずだよ」

「でも、誰かから聞いたかもしれないじゃないですか」

「どうだろう？　知っているのはこの家では私くらいだからね。まあ、旦那様とお内儀さんが言ったっていうなら別だけど」

平蔵はしばらく行灯の火を見つめて考えていたが、

「で、おりく。おまえはお嬢さんのことをどう考えているんだい」

はっきりとした口調で訊ねた。

「どうって――」

考えはある。だが、あまりに突飛過ぎるから、こうして平蔵のところに来ているのだ。

「お嬢さんに、実母のお千代さんの霊が憑いている。で、それを気味悪がってお内儀さんが叩いているとでも」

逡巡するおりくの代わりに平蔵は淡々と告げた。

まさか言い当てられるとは思わず、おりくは驚きで口を開けたまま頷《うなず》くこともできなかった。すると、平蔵は太息《といき》をついた後、驚くようなことを打ち明けた。

「実は、お内儀さんの折檻はおもんも見ているんだよ」

おもんというのは、ひと月ほど前に辞めたばかりの歳若い女中だ。

「お内儀さんに用があって母屋のほうへ伺《うかが》った際に、異様な声が聞こえたらしくてね。障子が薄く開いていたので覗いたら」

——この悪霊め。出て行け、出て行け。

お内儀さんがお嬢さんの背を弓で打ち据えていたという。

「恐ろしいから辞めたいというのを引き止めたんだが、駄目だった。仕方がないから見たことを他言するなと少し多めの金を持たせたんだよ」

以来、平蔵もお内儀さんとお嬢さんの様子に気を配っていたが、何せ多忙だし、母屋のほうへ行く用はあまりない。母屋へ行くのは主に女中で、ことにお嬢さんの守役のおりくはしょっちゅう顔を出している。

「けど、あたしは折檻されているのを見たことがありません。背中の痣は湯屋で見ましたけど」

「お内儀さんも、守役のおまえさんには知られないように気を配っていたのかもしれないね。で、背中の痣に気づいたのはいつ頃だね」

「あたしが知っているのはここ半年くらいのことです」

「だったら、お千代さんの〝幽霊〟が目覚めたのも、近頃のことかもしれないね」

「目覚めたって、もともとお嬢さんの中に幽霊がひそんでいたってことですか」

「私が敢えて〝目覚めた〟って言い方をしたのはね。お嬢さんが近頃、とみに綺麗になったってことだよ。要するに母親に似てきたってことさ。相当な美貌だったからね。このまま行けば、お嬢さんはお千代さんに瓜二つになるだろう」

「ってことは、お千代さんの幽霊に憑かれたというのを口実に、お内儀さんは嫉妬から折檻しているってことですか」

だったら、あのとき見たお嬢さんは何なんだとおりくは思った。

——半兵衛はん、いつ戻るんやろ。はよ、戻らへんと、うちはここを追い出されてしまう。

　半兵衛という者はこの家にはいない。そもそも江戸生まれで江戸育ちのお嬢さんがどうして上方言葉を使うのだ。

「お千代さんっていうのは、上方の方なんですか」

　おりくの問いかけに平蔵は妙な顔をした。

「上方？　どうだろう。柳橋《やなぎばし》で芸者をやっていたそうだけど、生まれまでは知らないよ。ただ、たおやかな感じのひとだったからもしかしたらそうかもしれないね。けど、何でそんなことを訊くんだい」

「小雪お嬢さんが、上方の言葉を使っていたんです。自分のことも〝お千代〟と呼んでくれと。そのときのお嬢さんはお嬢さんじゃないような。まるで大人の女を見ているようでした。でも、それはその日だけで、後はいつもの小雪お嬢さんに戻っています」

「それは、本の読みすぎじゃないかね。子どもは十歳くらいまでは現《うつつ》と夢の区別がつかないっていうから。何かの話の中に、上方言葉でお千代っていうのが出てくるのかもよ。それがたまたま母親と同じ名だったってこともあるだろう」

　おりくが以前に思ったのと同じようなことを平蔵は言った。

「半兵衛って名も口にしていたこともあります」

「半兵衛ねぇ。まあ、子どもの言うことだからね。それもどこかで読んだり聞いたりしたのかもしれないよ。ありふれた名だし。ただ、折檻についてお内儀さんに問い質すのは難しいね。まあ、それとなく旦那様に水を向けてみるよ」

平蔵の煮えきらぬ態度におりくは失望した。何より、折檻の事実を知っておきながら、平蔵がそれを守役の自分に言ってくれなかったのだと思うと、胸の中が炭火をかき立てられたように熱くなった。

だが、その赤々と熾《おこ》る火を前にして、平蔵の及び腰を肯《うべな》う自分がいるのも確かなのである。奉公人の自分たちが内儀に物申すことは難しい。物申せば、暇を出されるのは必至だ。もしも守役の自分がいなくなれば、誰が小雪お嬢さんを守るのだ。

怒りの火を無理やり灰の中に埋めると、

「わかりました」

おりくは渋々頷いた。

「まあ、私も気をつけて見るようにするが、何といってもいっとう近くにいるのは、おりく、おまえなんだ。頼むよ」

平蔵は膝に手を置き、深々と頭を下げた。

「ねえ、おりく。あたしは妙な病にかかっているのかしら」

小雪お嬢さんがそんなふうに言い出したのは十三歳の春、昼餉の膳を終えたときのことだった。もうずいぶん前からお嬢さんは一人で食事をとるようになっていた。お内儀さんがそうするようにと言い出したのだった。

内心ではぎくりとしながらも、

「どうしてそんなふうに思うんです。こんなに元気でお美しくいるのに」

茶を前に置きながらおりくは答えた。一人での食事はさぞ寂しかろう、とおりくは給仕の刻を長くして、なるべく話し相手になるように務めている。

「時々、どこにいて何をしていたのか、憶えていないことがあるの。まるで夢を見ていたような気がするの。それに――」

そこでお嬢さんはいったん言葉を切った。

「それに？」

恐る恐るおりくが先を促すと、

「ほら、背中がひりひり痛むことがあるでしょう。あれって大抵そういうときの後なの。だから、あたし、どこか悪いんじゃないかしらって」

お嬢さんは溜息交じりにそっと吐き出した。

「気のせいですよ。以前にも申し上げたかもしれませんけど、お嬢さんは本を読みすぎなんですよ。だから、お話の世界で起きたことと現がごっちゃになってしまうんです。本は少しお休みにしてお針でもなさったらいかがです。ほら、一朗太坊ちゃんの夏着を縫うと張り切ってらしたじゃないですか」

手習所を下山した小雪お嬢さんはお針のお稽古に行くようになったが、生来が器用なのだろう、ずいぶんと上達したようである。ただ、それ以外はほとんど部屋に閉じこもっていた。

「そうね。でも、本を読みたくなってしまうのよ。あたしはあたしの心の中を知りたくて本を読んでいるのかもしれない」

お嬢さんは箸の手を止め、しばらく考えていたが、

「でも、あたしの心の鏡は曇っているどころか、歪《ゆが》んでいるのかもしれないわ」

苦しそうに顔を歪めた。

心の鏡——その言葉をおりくが小雪お嬢さんから聞いたのは昨年の暮れのことだった。

――手習所のお師匠様が教えてくださったのだけど、『神皇正統記《じんのうしょうとうき》』の中にね、こんな一節があるの。

『鏡は一物をたくはえず。私の心なくして、万象をてらすに是非善悪のすがたあらはれずといふことなし。そのすがたにしたがひて感応するを徳とす。これ正直の本源なり』

どういう意味なのですか、とおりくが問うと、お嬢さんは神妙な顔で言った。

――この「鏡」は三種の神器の「鏡」のこと。「鏡」は偽りの心や私心のない、「正直」の本源ってことなんですって。

よくわからないままおりくが頷くと、お嬢さんはさらにこんなことを言った。

――この「鏡」は人の心についても、述べているんですって。もしも心の鏡が曇っていたらどうなると思う？

――そうですね。正しいことが見えなくなるってことですか。

――そうなの。だから、常に鏡を磨いていなくちゃいけない。でもね、鏡は曇るだけじゃなく、歪んでしまうこともあると思うの。ただ、歪んでしまったものは直しようがないかもしれないわね。

そのときのことを思い出し、おりくの胸は痛んだ。直しようがないほど、自分の心が歪んでいるとお嬢さんは思っている。でも、そうだとしたら、その心を歪めたのはお内儀さんだ。お内儀さんのせいで、小雪お嬢さんの心は捻じ曲げられてしまったのだ。その歪んだ心の中に何だかわからないものが憑いてしまった。

「そんなことありませんよ。お嬢さんの心は曇ってもいないし、歪んでもいませんよ」

おりくは怒りとやりきれなさを涙と共に飲み込んだ。己の無力がこれほどまでに情けなく、悔しいことはなかった。

そんなことがあった日の夕刻、庭の池の前に小雪お嬢さんが屈んでいるのが目に入った。卯の花色の紬に山吹の花を思わせる鮮やかな黄色の帯を締めている。

だが、その後ろ姿にはっとした。

――うちをお嬢さんと呼ぶなんて、おかしいわ。お内儀はんか、お千代はんでええよ。

初めて〝お千代〟が現れたときも、ああして池をじっと覗き込んでいたのではなかったか。

――あたしの心の鏡は曇っているどころか、歪んでいるのかもしれないわ。お嬢さんの心の中には鏡が二枚あるのではないか。

小雪という十三歳の少女。

お千代という大人の女。

ああして水鏡を覗いているうち、日頃は裏に隠れたもう一枚の鏡がひょいと現れ、別の心を映し出すのでは。

そのもう一枚の鏡――お千代というのは、やはりお嬢さんの実の母親なのだろうか。この世に未練があって娘に憑いている母の幽霊――

と、そのとき、小雪お嬢さんが立ち上がり、くるりと振り向いた。

大きな目でおりくを認めるとにこりと笑った。屈託のない笑顔は小雪お嬢さんのものだったから、ほっとすると同時に、その腕に小さなものが抱かれているのにおりくは気づいた。

「あら、お嬢さん。その猫、どうなさったんです」

白と黒のぶち猫だ。

「わかんない。けど、どこかから迷い込んだみたいなの」

その物言いがおりくの耳に少しだけ引っ掛かった。小雪お嬢さんにしては少し幼い感じを受けたのだ。まるで三、四年前の小雪お嬢さんに戻ったかのような。

「あらあら。まだ子猫ちゃんですね」

おりくが言うと、小雪お嬢さんは猫を抱いたまま縁先へ近づいてきた。

「おっかさんとはぐれちゃったのかな」

可哀相にねぇ、と猫の喉《のど》を撫《な》でる仕草も口調もあどけない。だが、よく考えれば、子猫を相手にしているのだから当たり前かもしれない。〝お千代〟の件が気になっているから、ほんの少しのことでも引っ掛かるのだろう、とおりくは自分の胸に言い聞かせた。

その日から、子猫はお嬢さんの部屋に居つくようになった。母の愛を知らない少女と猫は、ことのほか惹かれ合ったようで「ぶち」は小雪お嬢さんによく懐いた。弟の一朗太坊ちゃんも手習所から戻ってくると姉の部屋へ行き、姉弟二人で「ぶち」と一緒に遊ぶ姿をよく見かけた。

お嬢さんが本以外のことに夢中になっている。おりくにとってはそのことが何よりも嬉しく、また安心材料でもあったのだ。

お嬢さんの心にあるもう一枚の鏡が現れませんように。このままお嬢さんが穏やかに過ごせますように。「ぶち」がずっとお嬢さんの傍にいますように。

おりくはそんなふうに毎夜祈りながら床に就いた。

だが、そんなささやかな祈りは神にも仏にも届かなかった。

この家に来てからちょうど一年。「ぶち」は死んだ。

池の傍に植えられた楓の根元に隠れるようにひっそりと眠っていた。一回りも二回りも小さくなって、出会ったときよりももっともっと頼りない姿になって、四肢を強張らせて、「ぶち」は果敢なくなっていた。

どうして死んだのか。おりくにはすぐにわかった。その身には、お嬢さんの背に刻されたのと同じ痕があったからだ。人知れず、狡猾《こうかつ》に行われる、陰湿な打擲《ちょうちゃく》の痕が白と黒の小さな生き物の身にも残されていたからだ。

最初に発見したのは一朗太坊ちゃんだった。坊ちゃんは気の触れたように泣き叫び、そのうちにお針から戻ってきた小雪お嬢さんの泣き声がそれに重なった。

坊ちゃんと小雪お嬢さんは楓の根元にぶちを埋めた。桜草の季節だったので、お嬢さんは育てていた桜草の鉢から一枝を折り、そっと供えた。ぶちの墓の前で並んで手を合わせる姉弟の背には早緑《さみどり》の楓葉が淡い影を落とし、得も言われぬほどに悲しく美しかった。

もちろんお嬢さんの悲しみ方は尋常ではなく、その日からご飯もろくに食べずに部屋にこもりきりになってしまった。

許せない。もう許せない。いったん灰に埋めたはずの胸の炭火は、もう抑えきれぬほどに赤々と燃え立っていた。

　暇を出されたとしても構わない。

　そんな覚悟でお内儀さんの部屋を訪ねた。

「どうして猫を叩いたのかって？　何を言ってるんだえ。そんな恐ろしいことをするわけがないじゃないか。一朗太だって可愛がっているのに」

　お内儀さんは白を切った。

「でも、猫の身には弓で叩いたような痕がありました」

「弓だって？　もしかしたら木の枝か何かかもしれないじゃないか。他所で悪戯《いたずら》されて、瀕死の態で戻ってきたんだろうよ。一朗太に会いたくて」

　一朗太坊ちゃんだけじゃない。ぶちは小雪お嬢さんに会いたかったんだ。だから、池の傍へと戻ってきたんだ。あの場所で大好きなお嬢さんと出会ったから。

　お嬢さんに見つけて欲しくて。

「だったら、お嬢さんの背中の痕はどうなんです」

　四年の間、呑み込んできたものが溢れ出た。

「ああ、あれはあの子のためを思ってやってるんだ」

　お内儀さんはしれっとした口調で言った。

「お嬢さんのため？」

「ああ、あの子には悪霊が憑いてるんだ。性悪な女、淫蕩でそれこそ泥棒猫のような女の霊さ。だから、ああして叩いて追い出しているんだよ。そのお蔭で、近頃はあまり現れなくなったよ。おまえも知っているだろう」

お千代って女のことをさ、とお内儀さんはぞっとするほどひやりとした目でおりくを見た。

ああ、やはりお嬢さんに実母の名を教えたのはこの人だったんだ。

「知ってますよ。だからって幼い子を叩くことはないじゃないですか」

「うるさいっ！　おまえなんかに何がわかる。奉公人の分際で、あたしに意見するんじゃないよっ！」

お内儀さんは目を吊り上げて怒鳴った。その目には憎しみがこもっている。おりくへの憎しみではない。小雪お嬢さんへの、いや、この世には既にいないお千代への憎しみだ。

ああ、これか、とおりくは思った。

この憎しみこそが、お内儀さんの心の鏡を捻じ曲げたのだ。

鏡がどうしようもなく歪んでいるのは、小雪お嬢さんではなく、お内儀さんのほうだ。

「お内儀さんこそ、心に鬼を飼ってます。鬼に憑かれてるんですよ」

思わずそう言っていた。その途端、頬に鈍い痛みが走った。

総身を震わせながらお内儀さんが、いや、鬼が立っていた。幼い娘を叩き、子猫をなぶり殺した鬼が。醜く歪んだ鏡を心に秘めた鬼が。

その鬼は立ったまま甲高な声で言い放った。

「この家から一刻も早く出てお行き。おまえの顔は金輪際見たくない」

巻の三　震える闇

一

おりくの妹、およしを訪ねてから三日後。

おけいは自室で幸太郎に原稿を見せた。

「姉ちゃん、これ、いいよ。よく書けてる」

寝転がって読んでいた幸太郎が勢いよく跳ね起きた。この生意気な弟に手放しで褒《ほ》められるなんて滅多にないことだから、おけいは嬉しいよりもびっくりしてしまった。

原稿はおよしの話を基にして書いたものだ。よくぞ三日で書けたものだと我ながら思う。怒りと悲しみとやりきれなさと、様々な思いに突き動かされるようにおけいは夢中になって筆を動かした。不意に訪れた薄闇に、それが宵闇なのか暁《あかつき》闇《やみ》なのかわからなくなり、行灯の油のにおいで、夜を徹し、朝が近いのだとようやく気づくこともあった。

ただ戯作とは言え、その多くはおよしから聞いた内容である。「心の鏡」のくだりについては、全くの創作部分になるけれど。

筆を動かしながら、ふと『神皇正統記』の「鏡」の一節が思い出されたのだ。

――この「鏡」は人の心についても、述べているんですって。

小雪がそうおりくに話して聞かせるくだりは、おけいが祖父の古茶から教わったことである。戯作者だけあって、祖父の蔵書は多い。茶問屋の商いはそこそこ上手くいってたらしく、その頃にずいぶんと書を買い集めたようだ。部屋には『神皇正統記』の他に、『吾妻鏡《あずまかがみ》』『源氏物語』『古今和歌集《こきんわかしゅう》』『おくのほそ道』『炭俵《すみだわら》』など歴史書、物語、歌集、句集まで様々な書が並んでいる。

祖父は「鏡」について述べた後、

――心の鏡が曇らぬように常に磨いておけ。そのためには、書を読むこと。それから、人の話に虚心に耳を傾けること。思い込みは曇りの最たるものだ。

そんなふうに教えてくれた。おけいが十五歳になったときのことだ。

その話が手がかりになって、小雪の心には二枚の鏡があるのではないか、と思ったのだった。

およしの話によれば、六年前に安房屋から暇を出されたおりくは、一年ほど後に乳にしこりができ、半年余り病みついた末に亡くなったという。本人が丈夫だと呪った大柄な身は背中の骨が数えられるくらいに痩《や》せ細ってしまった。霜月《しもつき》になったばかりの、その冬初めての雪が降る寒い日だった。享年三十六。最期まで小雪のことを気に病んでいた。

――子を亡くした姉さんにとって、小雪お嬢さんは娘も同然だったんですよ。

そう言って、およしは涙ぐんだ。

安房屋での経緯は病床に就いてからおりくが語ってくれたそうだ。半年の間、姉が繰り返し語った長い話をおよしは短くまとめて話してくれたが、それでも一刻（二時間）ほどはかかっただろうか。

――この話で、小雪お嬢さんが捕まるってことはないでしょうか。

およしはそれを一番に気にしていた。

――もちろんそれだけでは、小雪さんを科人にはできませんよ。

伝三郎は穏やかな口調で答えた。切れ長の目にはおりくとおよしへのいたわりが浮かんでいた。

その表情を見て、おけいは伝三郎をかなり見直したのだ。〈嫌味で怖い岡っ引き〉という尖《とが》った像が崩れ、丸みを帯びた像へと変わっていくような気がした。およしも同じように感じたのか、ほっとしたような面持ちになり、

――あたしは、小雪お嬢さんに会ったことはないですけど、姉の話を聞いていたから他人とは思えなくって。あの話が本当なら、安房屋の内儀は殺されても当然です。

そんなふうに断じたのだった。

確かにおよしの話を聞けば、継母にひどい仕打ちをされた小雪に対して同情せざるを得ない。だが、同情すればするほど、やはり、内儀を手にかけたのは小雪ではないかという疑念が確かなものとなってくるのだ。

「ねえ、幸ちゃん。あんたはこの話をどう思う？」

おけいは幸太郎に率直に訊ねた。

「これだけじゃ、わかんないよ」

言下《げんか》に答えたものの、でも気になる点はいくつもあるよ、と文机の上に紙を広げ、書き出した。

・お千代とは本当に小雪の母親の霊だったのか。だとしたら、なぜ上方言葉だ

ったのか。
・そのお千代が言っていた「半兵衛」なる人物は誰なのか。
・おりくが安房屋を出された後も、内儀の折檻は続いたのか。
「そして、最大の疑問は、小雪さんがお内儀さんからの折檻に本当に気づいていなかったのかってことだよ」

幸太郎は最後の問いを書き止めながら言った。

「気づいていないとしたら、お内儀さんを殺すことはないだろう。だから、もし小雪さんがお内儀さんを手に掛けたのだとしたら、それは〝小雪さん〟ではなく〝お千代さん〟だったってことになる」

淡々とした物言いだったがゆえに、なおさら背筋がぞっとした。

人の中の魂魄《こんぱく》が人を操り、非道なことをする。そんなことが起こり得るのだろうか。

だが、もしそうだとしたら、それは小雪の罪ではなく、小雪の中の亡霊の罪なのではないか。

「ねえ、幸ちゃん。もしそうだとして、お上にそれが通じるかな。小雪さんじゃなく、小雪さんに憑いた女の亡霊が殺《や》ったなんて」

「まあ、無理だろうな」

幸太郎は頬を歪めた。弟もまた小雪を科人にはしたくないのだ。内儀のひどい仕打ちを聞けば誰だってそう思う。

伝三郎だって、これだけで小雪を科人にはできないと言っていた。だが、この話を同心の半沢には伝えるだろう。それを半沢がどう判じるのか――

「おけい、幸太郎、いるか」

大変だ、とがらがら声が戸口のほうから聞こえた。

「伝さんだ」

幸太郎が脱兎《だっと》のごとく座敷を出ていく。おけいは原稿の束を手にして弟の後を追った。

三和土《たたき》には息を切らした伝三郎が立っていた。額には玉のような汗が浮かんでいる。

「どうしたんだい、そんなに息せき切って」

自分でも驚くほど、するりと言葉が出ていた。

「番頭が名乗り出たんだ」

主人夫婦を殺したのは私ですってな、と伝三郎は濃い眉を寄せた。

「それって本当のことなの？」

おけいの声は裏返った。

拝み屋に扮して安房屋を訪れた際に一度会ったきりだが、いかにも好々爺といった感じの穏やかな番頭だった。

「わからん。が、本人は殺ったと言い張ってる」

「で、番頭さんは今、どこに？」

おけいが問いを重ねると、伝三郎は上がり框に腰を下ろし、息を整えながら答えた。

「今は大伝馬町の自身番に留め置かれているが、そのうちに大番屋に連れていかれるだろう。そこでお調べが済めば、後はお白洲で御奉行から刑が言い渡される。まあ、主人殺しは罪が重いからな。死罪は免れんだろう」

「そんな、死罪だなんて――」

頭が真っ白になった。

「あの番頭さんが殺ったなんて信じられない」

唸るような幸太郎の声がして、正気に戻った。

「詳しい話を聞かせて」

おけいは背筋を伸ばして板間に座り直した。

「番頭が言うには、小雪の縁談に口を挟んだそうなんだ。あまりにひどい縁談だったので可哀相だと。で、それを内儀に咎められてかっとなって首を絞めた。そこで、追い詰められ、主人には毒を飲ませて心中に見せかけたらしい」

縁談――ということは、やはりあの幽霊芝居に番頭も噛んでいたということか。それにしても、縁談ごときで主人殺しにまで発展するだろうか。

「番頭さんはまだ自身番にいるんだろう。あたしたちに会わせてちょうだい」

これを読んでもらいたいんだ、とおけいは原稿を伝三郎へ差し出した。

「これは？」

「およしさんの話を基に戯作にしたんだよ」

これが事実かどうか、番頭にも話を聞きたい。

「よし、わかった。とりあえず、今から行こう」

伝三郎が言うや否や、幸太郎が三和土に飛び降りて下駄を履いていた。

大伝馬町の自身番には暗く重たい空気が沈んでいた。

土間の柱に縛り付けられていると思いきや、番頭の平蔵は畳の間の隅に俯き顔でちんまりと座していた。大店の番頭だし自ら罪を犯したと出頭してきたので、手荒な真似は無用と判じたのだろう。その傍では月番の町役人と書役が所在なげに座っていた。

「ああ、親分さん」

羽織姿の町役人が明らかにほっとした顔になった。

「すまねぇな。待たせちまって」

「いえ。半沢様は？」

訝しげな顔でおけいと幸太郎を見る。

「ああ、じきに来ると思う」

その前にこいつらとちょっとだけ話をさせたいんだ、とおけいと幸太郎を目で指した。

町役人は少し迷うように瞳を浮かせたが、

「わかりました。何かあったら隣に声を掛けてください」

書役の男と一緒に自身番を出て、隣の木戸番小屋へと姿を消した。

「上がりな」

おけいと幸太郎に声を掛けると、伝三郎は先に雪駄を脱いだ。

「なあ、番頭さんよ」

伝三郎の声に平蔵がゆるゆると顔を上げる。たった今、夢から覚めたような薄膜の張ったような目だった。その目が伝三郎を見、その後ろに座るおけいと幸太郎に向けられると、はっとしたように見開かれた。

「あんたたち――」

「憶えてるかい」

伝三郎が苦笑を洩らすと、ええ、と平蔵は頷いた。

「天満《てんま》先生のお弟子さんですね」

「ごめんなさい。弟子というのは偽りです。でも、この子の目は本物です」

おけいは幸太郎の袖を軽く引いた。幸太郎も静かに頭を下げる。

「本物、かい」

平蔵は目を細めて幸太郎を見た。

はい、とおけいは顎を引き、先を続けた。

「胡弓のあった座敷に幽霊なんていない、とこの子は言ってました。あの胡弓を弾いたのは生きている人だと。だから、最初は胡弓を弾いたのは小雪さんかと思いました。部屋に甘い香りが漂っていたからです。番頭さんが『お嬢さんは弾けない』と言っていたのは嘘だろうと。でも、小雪さんは弾けないとわかりました。お内儀さんに胡弓の弓で折檻されていたんですものね。だから」

あれを弾いていたのは一朗太さんですよね、と一語一語確かめるようにゆっくりと告げた。

平蔵の小さな目がこれ以上は無理だと思われるほどに大きく見開かれた。

「どうして、お内儀さんの折檻のことを――」

それこそ幽霊にでも出会ったような面持ちで呟いた。

「胡弓の座敷に幽霊はいませんでした。でも、他の場所にはいたんです」

この子が見たんです、とおけいは幸太郎の背に手を置いた。

「他の場所――」

「はい。店の外の天水桶の辺りにいました。大柄で右目の下に泣きぼくろがある優しそうな女の幽霊と、黒と白のぶちの猫の幽霊です」

幸太郎が告げると、平蔵の喉がひゅっと鳴った。

「それは本当ですか」

「はい。本当です」

大きく頷き、幸太郎は懐から折り畳んだ似顔絵を出した。それを受け取って広げると、ああ、と平蔵は声を洩《も》らした。

「確かにおりくです。あのおりくが」

言ったきり、平蔵は天を仰いでしばらく目を閉じていた。

味噌屋の女中と同じく、平蔵もまたおりくの死を知らなかったのだろう。恐らく小雪も。あんなに慕《した》っていたのに、と思うと胸が引き絞られる。

ややあって、平蔵は息を大きく吐き出すと、居住まいを正した。

「おりくは六年ほど前に店を辞めた女中です。小雪お嬢さんの乳母でもありました。おりくの幽霊から折檻の話を聞いたのですか」

真っ赤な目で幸太郎に問いかける。

「いえ、おりくさんとじかに話はしておりません」

幸太郎はかぶりを振った。次いで、おけいの手にしている原稿を見る。

「おりくさんの妹さんのおよしさんから話を伺ったんです」

おけいは弟から話を引き取った。

「妹さんから、ですか」

平蔵が訝り顔でおけいへと目を転じる。

「はい。亡くなる半年ほど前に、おりくさんは安房屋でのことをおよしさんに語って聞かせたそうです。繰り返し話されたそうで、およしさんはよく憶えていらっしゃいました。で、その話を基にまとめたのがこちらです。もちろん、すべてが真実ではありませんが」

おけいは原稿を差し出した。震える手でそれを受け取ると、平蔵は背筋を伸ばしたまま読み始めた。

自身番はしんと静まり返った。畳の間には紙のめくる音と、時折洟《はな》をすする小さな音だけが響く。紙を持つ老番頭の手が小刻みに震えているのをおけいは切ない気持ちで見つめた。

「ありがとうございました」

小さな声で平蔵は丁寧に原稿を戻した。

「いかがでしたか」

おりく本人ではなくおよしから聞いた内容だ。しかも、おけいの想像で行間を埋めた部分も多い。それに、同じ物事でも見る人によって捉え方は変わる。

「私はおりくのようにお嬢さんをいつも近くで見ていたわけではございませんので、細かい部分は判じかねます。ですが、概《おおむ》ね合っていると思います」

平蔵は静かな声で告げた。

「概ねってことは、内儀の折檻は確かにあったってことだな。それと、小雪お嬢さんが、時々妙なことを口走ったってことも」

伝三郎の問いかけに、平蔵ははっきりと頷いた。

「小雪お嬢さんの中には確かにお千代さんの幽霊がいます。でも、それは実母のお千代さんではないだろう、と私は思っています」

「実母ではない？」

伝三郎が眉をひそめた。

「はい」

短く返し、平蔵は開いた窓から往来を眺めた。夕刻間近の陽が照った通りを、姉弟なのか、二人の子どもが手を繋いで弾むように駆けていく。大小二つの背を愛おしむように見送った後、平蔵はゆっくり瞬きをすると口を開いた。


〈平蔵の目〉

私、平蔵は十歳で安房屋に入り、小僧から叩き上げで番頭になった身でございます。ですが、それもひとえに先代の大旦那様のご慈悲のお蔭です。親を亡くし、行く当てもなく飢えていた子どもを安房の田舎《いなか》道で拾ってくださり、おまえはなかなか見込みがあると、鍛えてくださったお蔭で今の平蔵がいるのでございます。

私が長いお店暮らしの中で学んだのは、幽霊よりも生身の人間のほうが怖いということです。ことに恐ろしいのは、目の前のこと、しかも己のことしか見えなくなった人間でしょう。そんな人間は何をするかわかりません。博打に溺《おぼ》れ、追い詰められた挙句《あげく》、店の金に手を付けた手代もおりました。師走《しわす》の節季払いには金が用意できないので待ってくれと言われ、待ってやったらそのまま夜逃げした客もおります。師走に掛け取りに出向いたら、そんな大金が払えるわけがないと逆上され、匕首《あいくち》で刺されそうになったこともございます。

ですから、小雪お嬢さんの中に幽霊がいて、それをお内儀さんが叩いて追い出しているようだ、という話を女中のおもんやおりくから聞いたとき、何を馬鹿なことを言っているのだと思ったものでございます。

そもそも幽霊なぞというものは、人の心が作ったものです。枯れた芒《すすき》が幽霊の手に変わるのも、如法暗夜《にょほうあんや》に提灯があかんべえをするのも、人の恐れややましさの産物。

ですから、お千代という幽霊を作っているのはお内儀さん自身の心なんだろうと。お内儀さんの中にある醜《みにく》い嫉妬が、あるはずのない妾の幽霊をその目に映しているのだと。私はそんなふうに考えていたのです。

ところが、そんな考えが根っこからぐらつくようなことが起きました。

小雪お嬢さんが十四歳、一朗太坊ちゃんが十二歳の春のことでございます。

その日は大きな商談をまとめたばかりで私は少々疲れていました。庭でも眺めて心を休ませようと店先から廊下に出てみると、池の傍で小雪お嬢さんがぼんやりと立っているのが目に入りました。庭の一隅に植えられた小さな桜が満開で、花吹雪の中で佇むお嬢さんは桜の精のように可憐でございました。いえ、今にも消えてしまいそうに儚《はかな》く思われました。だからでしょうか。ふと気になって、お嬢さんに声を掛けたのでございます。

「お嬢さん、そんなところでどうされました」

小雪お嬢さんはふわりと振り向きました。桜吹雪のせいか、お嬢さんの顔が一瞬、別人のように見えた――そのときです。

「あんたは、誰だえ」

年増女のような口ぶりでお嬢さんが言ったのです。

息が詰まりそうになりました。誰だえ、と問われたこともですが、その面持ちが私の知る小雪お嬢さんとはまるでかけ離れていたからです。お嬢さんは大変美しい面差しをしておりますが、それはまだ幼さを残した、花で言えばつぼみのような固さのある美しさでございます。ですが、今、そこで訝しげに眉をひそめている面持ちは、二十五、六くらい、散り際の桜花のような艶かしさを含んでおりました。

ああ、おりくが言っていた〝大人の女〟というのはこの面持ちのことか、と腑に落ちました。そして、お内儀さんが〝悪霊〟だという〝妾の霊〟というのは、この艶かしさのことか、とも。

私が返す言葉を探しあぐねておりますと、

「ああ、ひょっとすると半兵衛はんの使いの者かえ。そろそろ戻りはってもええ頃やと思うたんやけど。いつお戻りにならはるのん」

小雪お嬢さんは微笑み、小首を傾げたのです。

その仕草にぞっとしました。これは旦那様のお妾だったお千代さんではない。そう感じたからです。私は、お千代さんが亡くなる前に一度だけ会ったことがございます。お千代さんが身ごもって芸者を続けられなくなり、お手当てを渡すついでに様子を見てきて欲しいと旦那様に言われたのです。

ですが、そのとき会ったお千代さんはこんなふうではありませんでした。喋り方はもちろんのこと、もっと控えめで大人しい女人でした。

ただ、人は様々な顔を持っております。たった一度会っただけで、この人がこうだと決めるのは早計です。私のことを忘れているのかもしれませんし、憶えているけれど、忘れたふりをしているのかもしれません。何より、これはお嬢さんのお芝居かもしれない、という疑念もまだ頭の隅にありました。

息を整え、私はその場に端座いたしました。おりくから聞いていたものの、想像とはかけ離れたお嬢さんの変貌ぶりに、背筋には冷たい汗が流れておりました。

「あなたは、お千代さんでいらっしゃいますね」

「そやけど、あんたはんの名は？」

小雪お嬢さんは眉をひそめ、下駄を鳴らして縁先へ近づいてきました。少ししなを作った歩き方までいつもとは違います。

「おっしゃる通り、私は半兵衛様の使いで参りました。平蔵と申します。半兵衛様はまだご用事が残っているそうでして、もうしばらくはあちらにいらっしゃるとのことです」

小雪お嬢さんの中の女に合わせるべく、作り話をいたしました。

「もうしばらく言うて、どれだけ待てばええのかしらん。お父上の年忌《ねんき》やと言うたって、こない長くならはるなんて。はよせんと、うちはおっかさまに、ここを追い出されてしまうやないの」

小雪お嬢さんは袂で目元を押さえました。その仕草は真に迫っており、到底芝居とは思えませんでした。

「年忌とおっしゃいましたが、半兵衛様はどちらへ」

恐る恐る訊ねてみると、小雪お嬢さんは色をなし、

「あんたはん、半兵衛はんの使いやて言うたやないの。何で知らはらへんの？」

赤い唇を尖らせました。「使い」と言っていながら主人の居場所を訊いているのですから、怒るのは当然のことです。ですが、もう少し、この〝お千代さん〟から話を聞きださねばなりません。

「相すみません。使いの使いでございまして」

使いの使いとは、実に苦しい言い訳でございましたが、小雪お嬢さんは「そうやったの」と頬《ほお》の強張りを解き、素直に問いに答えてくださいました。

「半兵衛はんはお実家のある遠州《えんしゅう》へお帰りにならはったんや。お父上の十七回忌やから」

「さようでございましたか。で、おっかさまというのは、お千代さんのお母上で

ございますね」

半兵衛というお方が実家に帰ったというのだから、このお千代さんが言う「おっかさま」とは実母のことだろうと思ったのです。ところが、私の推測は外れました。

「いいえ。おっかさまはうちの姑《しゅうとめ》や。半兵衛はんはここの養子や」

なるほど。半兵衛というのは、この家の養子で、お千代さんはその嫁ということのようです。

「だから、半兵衛はんは、おっかさまに遠慮してはっきりと物を言わしまへんのや。おっかさまは鬼や。鬼が人の皮を被《かぶ》っとる」

唇を嚙み締め、小雪お嬢さんは母屋を振り返ったのです。その目はお内儀さんの居室へと向いておりました。

と、そのときでございます。その居室の中から悲鳴が上がったのです。

失礼します、と私は小雪お嬢さんに言い置いて、お内儀さんの許へと急ぎ走りました。

開いた障子の隙間から、

「お内儀さん、どうされました」

そっと声を掛けると、

「ああ。平蔵、いいところへ来てくれた。これを片付けておくれ」

お内儀さんが震える声で告げました。

障子を開け放して中へ入ってみると、部屋の隅に鼠《ねずみ》の死骸が転がっておったのです。小さな鼠です。広い屋敷ですから鼠の一匹や二匹いてもおかしくはありません。ただ素手で触れるのはやはり気味が悪うございましたから、

「少し、お待ちを。すぐに片付けますので」

そう言って雑巾を取りに戻ろうとしました。すると、お内儀さんが大きく舌打ちをし、こうおっしゃったのです。

「ああ、あの猫の仕業だ。あの猫があたしの部屋に置いていったんだよ」

まるで呪詛《じゅそ》のような低い声でございました。

お内儀さんの部屋を出ると、庭に小雪お嬢さんの姿は見えませんでした。まるで桜の精にさらわれたかのように、池の周囲には薄紅の桜花が乱れ散っておりました。

それから、十日ほど後のことでございます。

お嬢さんの可愛がっていた猫が死に、おりくが暇を出されることとなりました。

猫の死と、おりくが辞めたことは、小雪お嬢さんの心に大きな影を落としたようです。目に見えて消沈し、お針のお稽古に通う以外は部屋にこもって本を読む日が続いておりました。唯一の救いは、一朗太坊ちゃんがいらっしゃることでした。猫の喪失は、元々仲のよかった姉弟の絆をさらに深めたようです。

その頃、一朗太坊ちゃんは手習所を下山されていましたが、もっと算術を学びたいとおっしゃって近所の塾に通っておりました。塾から戻ると、すぐに小雪お嬢さんの部屋を訪ね、話し相手になっているようでございました。この一件以来、坊ちゃんは見目も中身もしっかりなさいました。十二歳ながら、二つ上の姉を守ろうとしているように見えましたし、何より、優しく大らかなご気性は先代に似ているように思われました。

ですが、それも一年ほどで終わってしまったのです。十三歳になった一朗太坊ちゃんは家を出されたのでございます。上総のほうにある油問屋に奉公に入ったのです。跡継ぎとして商いを学ぶために外の釜の飯を食ってこいということでございますが、お嬢さんはことのほか落ち込み、しばらくはご飯も喉を通らぬようでございました。

さて、坊ちゃんがいなくなってから、すぐのことでございます。私の耳に嫌なことが入ってまいりました。早咲きの梅が甘い香りを放つ時季のことです。「平蔵、富沢町《とみざわちょう》に田原屋《たわらや》という古着屋があるのを知っているかい」

帳場格子で大福帳を改めていると、旦那様がやってきてそんなことをお訊ねになりました。

「ああ、存じております。ただ、あまり評判がよくないようですな。何でも息子が放蕩三昧《ほうとうざんまい》とか」

「やっぱりな」旦那様は溜息をつくと、私の隣に腰を下ろしました。「そこの息子が小雪をどこかで見かけたらしくてな。親のおれが言うのも何だが、あの美貌だろう。ぜひ嫁に欲しいと言ってきたようだ」

「それはお断りしたほうがようございます。小雪お嬢様が苦労をされるでしょうし、まだ十五ですから、そこまで焦る必要はないでしょう。来年か再来年でも。お嬢様ならもっとよいご縁がございます」

「そうだな。では、先方にはそう伝えるか。だが――」

旦那様はそこで言葉を途切れさせました。

「何か気になることでも」

「お喜代が、先方に色よい返答を仄めかしてしまったようなのだ」

「お内儀さんが――」

「ああ、そうだ。だが、放蕩息子とわかって嫁にやるほどお喜代も愚《おろ》かではあるまい。まあ、あれも箱入り娘だったからな。世の中のことを知らんのだ。おれのほうから言い聞かせるさ」

そう言って、旦那様は立ち上がり、帳場裏の小座敷に入っていったのです。

――放蕩息子とわかって嫁にやるほどお喜代も愚かではあるまい。

いや、わかったうえで嫁にやろうとしたのだ、と私は思いました。

何の不思議もありませんでした。いや、むしろ大いにありうると思ったほどです。お内儀さんが小雪お嬢さんを憎んでいるのは周知のことで、知らぬは旦那様ばかりでございました。仕事だと言い、家を度々空け、お内儀さんのことにも小雪お嬢さんのことにも関心がないのですから。上総のほうへ行っているのも商いのみならず、囲い女に会いに行っていることを私は承知しておりました。

すると、何かがすとんと胸に落ちました、ああ、そうか。最初は猫かわいがりしていた小雪お嬢様からお心が離れたように見えるのは、そういうことかと。

旦那様は逃げているのです。すべてを知った上で逃げている。生《な》さぬ仲の母子の確執から目を塞《ふさ》いでいる。そう確信いたしました。

このときからでしょうか。私の旦那様に対する忠義心が揺らいだのは。

逃げるくらいなら、端《はな》から小雪お嬢さんを引き取らずに他所へ養女に出したらよかったのだ。そうすれば、お内儀さんも心穏やかに過ごせたし、小雪お嬢さんもこんなふうにはならなかっただろう。

こんなふうに——小雪お嬢さんはどう考えてもおかしい。何かに憑かれている。

〝何か〟とは実母であるお千代さんなのか。

それとも、別のお千代さんなのか。

あるいは、憑かれているふり——小雪お嬢さんのお芝居なのか。

そんな思案に耽《ふけ》っているうち、ふと、七年前のことが思い浮かびました。

——平蔵。おまえに頼みがある。

先代、大旦那様が私を枕頭に呼んだのは、亡くなるひと月ほど前のことでございました。

——あれを、倅をよろしく頼む。女房が甘やかしちまったからだろう。あれは、心の柔らかさが少し足りん。それが、この家の大きな障りになるかもしれん。

そう言って、私の手を握ったのです。

言われるまでもないことでございました。もしも大旦那様に拾っていただけなかったら、この命の灯はとうに消えていたことでしょう。母を亡くし、冷たい親戚の家を逃げ出した当て所《ど》ない身は乞食となっていたか、あるいは盗人になっていたかはわかりませんが、いずれ早死にしたでしょうし、決してよい死に方はしなかったでしょう。それが、還暦間近まで生きながらえたばかりか、こんなに大きな店の切り盛りを任せてもらえるまでになったのです。大旦那様へはどれほど感謝しても感謝しきれぬほどでございましたから、私は大旦那様の手を握り返し、誓ったのです。

――もちろんでございます。平蔵は精一杯、安房屋を、そして、旦那様をお支えいたします。

そのときから七年、お約束通り、私はお店のために身を粉《こ》にして働いてまいりました。大旦那様が亡くなったのが七十歳。私がその歳になるまで残り五年。まだ死ねない。せめて大旦那様にそっくりな一朗太坊ちゃんが大人になって、旦那様の支えになるまではくたばるものか。

私はそう心に決めると大福帳を開き、筆を握りました。

さて、その翌年から小雪お嬢さんにはひっきりなしに縁談が持ち込まれるようになりました。何しろあの美貌でございます。その上、箱入り娘にありがちな高慢なところもなかったので、世間から玉の輿と称されるような良縁が降るように舞い込みました。

ところが、今度はお内儀さんが首を縦に振らなかったのでございます。釣り合わぬは不縁の元だと言い、良縁ばかりを断ってしまうのです。ただ、小雪お嬢さん当人はそれをあまり気にしていないようでした。いや、ほっとしているようにさえ見えました。

ですが、そうこうするうちに、小雪お嬢さんは二十歳になってしまいました。そして、上総の油問屋に奉公に出ていた一朗太坊ちゃんが戻ってきたのでございます。十三歳から五年。若武者はいっそう逞《たくま》しく、思慮深くなっておりました。老体を案じてくださる面持ちなど先代の大旦那様にそっくりでして、これで安房屋も安泰だ、と心丈夫でございました。小雪お嬢さんがお喜びになったのは言うまでもないことでございます。一朗太坊ちゃんは小雪お嬢さんの話し相手になっているようでした。

ただ、それと同時に小雪お嬢さんは以前にも増して嫁《か》すのを嫌がるようになり、それと呼応するように嫌な噂が忍び込んでくるようになったのです。

――安房屋の主人は、亡き妾にそっくりな娘を手放したがらない。

何とも気持ちの悪い風聞《ふうぶん》でございます。

さしもの旦那様も周囲の心無い噂が耳に入ったのか、ようやく小雪お嬢さんの縁談を真剣に考えるようになったのでございます。

そして、この夏に小雪お嬢さんに縁談がございました。先様は四十歳。先妻との間に十五と十三の子どもが二人いるという、要するに後添えの話です。二十歳とは言え、これでは少し可哀相だと旦那様は少し悩んでいらっしゃるようでしたが、先様はお嬢さんに一目惚れなさったらしく、かなり強引に話を進めたがっていらっしゃいました。そんなところへ、お内儀さんが承諾の返答をしてしまったのです。後添えとはいえ、先方は深川や柳橋に何軒も料理屋を持っているお得意様だ、油屋としてこれほどいい相手はない、というのがお内儀さんの言い分でございました。

ですが、小雪お嬢さんはこれを頑《かたく》なに拒《こば》んだのです。

――わたしは嫁には参りません。安房屋に置いてください。女中でも構わないのでお願いします。

確かにあの縁談でお嬢様が幸福になれるとは思いませんでした。ですが、先様のお嬢様への執着は尋常ならざるものがございました。旦那様も商いのことを考えると無下にはできなかったようで、返答を鈍っておりました。

そんな折でございます。

お嬢さんの中に憑いている〝お千代〟の正体がわかったのは。

「平蔵。話があるんだが、いいかな」

深更《しんこう》に一朗太坊ちゃんが私の部屋へいらっしゃいました。その面持ちはたいそう深刻でしたから、恐らく小雪お嬢さんのことだろう、とすぐにわかりました。

「姉さんはどうしたら幸せになれるんだろう」

開口一番、そうおっしゃったのです。何と返したらよいのか、と私が思案を巡らせておりますと、

「姉さんが時折、おかしくなるのはおまえも知っているだろう。あれは、お千代の生まれ変わりだよ」

そんなふうに渋面を刻んだのです。

生まれ変わり？

私にはその意味がよくわかりませんでした。お嬢さんに実母の霊が憑いているというのならわかります。ですが、実母の生まれ変わり、というのはおかしい話です。

すると、一朗太坊ちゃんはこうお続けになりました。

「姉さんの中にいるのは『心中宵庚申』で描かれた〝お千代〟だ」

恥ずかしながら『心中宵庚申』とは初めて聞く言葉でございました。

何でも近松門左衛門の作で、大坂の竹本座で享保《きょうほう》の時代に上演された浄瑠璃《じょうるり》だということです。『曽根崎心中』のようにあまり名が知られていないのは、上演直後にお上から心中物が禁じられたからとか。

心中と言えば、『曽根崎心中』のように、様々な障壁により添い遂げられぬ未婚の男女が来世では一緒になろうと誓い、死を選ぶ話が主でございます。ところが、『心中宵庚申』は夫婦心中の話だというところも、あまり受けなかったのではないか、と坊ちゃんはおっしゃいました。

「その夫婦の名が、お千代と半兵衛というのだよ」

坊ちゃんの言葉で得心がいきました。

——ああ、ひょっとすると半兵衛はんの遣いの者かえ。

十四歳の折にお嬢さんがそんなふうに言ったのを思い出したのです。実際にあった話を基に書かれたものだと聞き、私は背筋が冷たくなりました。

坊ちゃんが語ってくれたあらすじはざっと次のようなものです。

夫の半兵衛は遠州の武士の息子だったが、大坂にある八百屋の養子となってお千代を妻に娶《めと》った。お千代のほうはこれが三度目の婚姻。一度目は夫の破産で生き別れ、二度目は死別。そんなお千代を、半兵衛の義母である姑は嫌い、半兵衛の留守中に勝手に離縁してしまう。

父親の法要に遠州に実家帰りしていた半兵衛だったが、大坂に戻る際、山城《やましろ》にあるお千代の実家へ寄ったところ、思いがけず妻のお千代がいた。聞けば姑に無理やり離縁を言い渡されたという。自らが不在の折のこととはいえ、愛する妻を守れなかった無力を半兵衛は深く恥じ入った。そんな半兵衛にお千代の実父は、門火を焚いて「灰になるまで添い遂げるように」と婚礼の儀式を再び行い、夫婦を送り出したのだった。

ところが、お千代を連れ帰った半兵衛に、義母は「親不孝者」と罵《ののし》った。義母と嫁との板ばさみになった半兵衛は、苦渋の末、お千代を離縁し、後から迎えに行くと言い聞かせる。

「で、庚申《かのえさる》の夜に東大寺再建の勧進所で心中を図るんだ」

坊ちゃんは苦しそうに顔を歪めました。

「でも、所詮、近松の作り話でございましょう」

虚と実との狭間で混乱しながら私が問うと、

「もちろんすべてが真実ではないと思う。近松の芝居ではお千代の名を世の中の〈世〉と変えて〈お千世〉と表記していたらしいしね。だがね、平蔵。夫と心中したお千代という女が八十年ほど前にいたことは確かなんだよ」

坊ちゃんは溜息を洩らしました。

話を聞いて腑に落ちる部分と、まさか、という思いとが私の胸ではせめぎ合っておりました。

――半兵衛はんはお実家のある遠州へお帰りにならはったんや。お父上の十七回忌やから。

――いいえ。おっかさまはうちの姑や。半兵衛はんはここの養子や。

十四歳の小雪お嬢さんの言葉と一朗太坊ちゃんの語る「お千代と半兵衛」の話はまさしく重なっています。生まれ変わり。それもまたあることなのかもしれません。ですが、大坂で八十年以上も前に亡くなったお千代さんがどうして江戸で生まれ変わるのか。小雪お嬢さんと何の因縁があるのか。

私はそんなふうに感じたのでございます。

それと同時に、あるひとつのことに思い至り、私は身の震えるのを押さえるのに必死でございました。

——だから、半兵衛はんは、おっかさまに遠慮してはっきりと物を言わしまへんのや。おっかさまは鬼や。鬼が人の皮を被っとる。

小雪お嬢さんはそう言って、お内儀さんの部屋のほうをごらんになったのです。お嬢さんがお千代さんの生まれ変わりだとしたら、八十年経った今こそ、半兵衛と添い遂げたいと思っているはず。

では、その相手。半兵衛はいったい誰なんだろうと。

私の胸にはひとつの答えがありましたが、それを口にする勇気はございませんでした。

すると、一朗太坊ちゃんが涙をこぼしたのでございます。

「姉さんは不幸だ。でも、おれにはどうすることもできない」

その姿を見て、幾分かではございますが、私はほっといたしました。少なくとも一朗太坊ちゃんは半兵衛の生まれ変わりではない、と思えたからです。

けれどその一方で、もしかしたらお嬢さんは、ご自分の中に潜む〝お千代〟に気づいているのかもしれない、と私は考えたのです。だから、縁談を頑なに断ったのではないだろうかと。

――わたしは嫁には参りません。安房屋に置いてください。女中でも構わないのでお願いします。

もしも、嫁ぎ先で〝お千代〟が出てきてしまったら大変なことになるでしょう。それを予見してあんなふうにおっしゃったのではないでしょうか。

小雪お嬢さんが幸福になるにはどうしたらよいのか。

一番は、半兵衛の生まれ変わりである相手と一緒になることでしょう。ですが、そんな相手を捜すのは至難の業でございます。それこそ大海原に沈んだ四文銭を見つけるようなものです。

あるいは、小雪お嬢さんを〝お千代〟の生まれ変わりと承知して、なお、お嬢さんを受け入れてくれる器量の大きい御仁が今の世に現れるか。

こちらもひどく難しいように思えます。

情けないことですが、その晩の私は一朗太坊ちゃんに慰《なぐさ》めの言葉すらかけることができず、頭を抱えるばかりでございました。

ところが、そんな状況にもかかわらず、お内儀さんは件《くだん》の縁談を進めてしまわれたのです。

――私はどこにも嫁には参りません。

抗《あらが》う小雪お嬢さんに対し、

――妾の子をここまでに育てたのは誰だと思ってるの。

あまつさえ、そんな言葉まで投げつけたようでございました。

坊ちゃんから事の成り行きを聞き、私の心の堰《せき》は一気に切れてしまいました。

――この悪霊め。出て行け、出て行け。

自ら辞めた歳若い女中から聞いたことや、

――背中の痣は湯屋で見ましたけど。

辞めさせられたおりくの言が頭の中で溢《あふ》れ返りました。何よりも、

――あれは、心の柔らかさが少し足りん。それが、この家の大きな障りになるかもしれん。

大旦那様の遺言が背中を強く後押ししてくださったのです。

この縁談を無理強いしたらこの家の障りになる。小雪お嬢さんは〝お千代〟の生まれ変わりだ。それが表沙汰になれば、必ずや安房屋に大きな災厄が降ってくるだろう。

そんな思いに駆られ、何とかお内儀さんを説得しなくてはならないと思ったのです。

ですが、お内儀さんに私の思いは伝わりませんでした。

それだけではありません。

お内儀さんはこうおっしゃったのです。

――あんたなんか、この家にいられる身分じゃないんだからね。

そうです。私の来し方を先代の奥様、大内儀に聞いていたのです。

――この老いぼれ乞食。今すぐ出てお行き。

それが、最後に聞いたお内儀さんの言葉でございます。

二

安房屋の番頭、平蔵は大番屋でも吟味与力に同じ話をしたそうだ。今は伝馬町の牢屋敷に入っているという。そのうちにお白洲で罪状が言い渡されるだろう、と伝三郎は語っていた。

――お店のために内儀に意見をしたところ、罵られたのでかっとして首を絞めた。

平蔵の自白をつづめればそういうことになるだろう。一応は筋が通っているように思える。確かに先代の恩に報いるために齢七十まで老体に鞭打って働いてきたのに、「老いぼれ乞食」と言われたら逆上することもあるだろう。

だが、おけいの胸はどこか晴れない。平蔵の話を独白風にまとめてみたが、もやもやが残っているのだ。ここで終わりでいいのか。あるいは、おけいなりの解釈を加えたほうがいいのか。もしくは、平蔵の来し方をもっと膨らませたほうがいいのかもしれない。

ぐるぐると思い悩んでいたところに、

「姉ちゃん。勘助さんが来たみたいだよ」

幸太郎が顔を出した。頬に墨がついているのは挿絵を描いていたからだろう。何でも、〝小雪〟と〝お千代〟を上手く描き分けたいそうで、その表情に苦心しているらしい。相当な美貌だから腕が鳴るぜ、とやたらと張り切っている。さらに、おりくさんの幽霊もどこかに差し挟みたいから、こういうふうに話を変えて欲しい、と原稿に注文までつけるのだ。

だが、幸太郎とは反対におけいの筆は止まっている。だから、できれば勘助には会いたくなかった。

「けど、祖父ちゃんの原稿はまだできてないよ」

そんなつっけんどんな答えになった。

「祖父ちゃんじゃないよ。姉ちゃんに会いに来たんだってさ」

よかったな、とにんまり笑う。

「よかないよ。こんな半端なもんを見せたってさ」

返す言葉が尖ってしまう。

「半端でもいいじゃねぇか。板元ってのは、こういうときに頼るもんだろう」

「そうかもしれないけどさ」

「何をぶつくさ言ってんだよ。ここへ通すぜ」

返答も待たずに幸太郎は戸口のほうへ戻っていった。

寝ていたわけではないから頰に畳の跡はついていない。念のために用簞笥から鏡を取り出して覗いてみると、化粧気のないぼんやりした顔が映った。悔しいけれど、器量じゃ桜木華絵の足元にも及ばない。溜息を吐き出したとき、廊下を打つ音が聞こえ、おけいは慌てて手鏡を元へ戻した。

「進んでるようだな」

勝手知ったる何とやらで、挨拶もなしにずかずかと部屋に入ってくる。文机の向こう側にどっかと座った。

「〈おりくの目〉は幸太郎に読ませてもらった。そうそう、何でも、拝み屋に扮して安房屋に入ったそうだな」

　幸太郎ったら、そんなことまで言わなくてもいいのに。胸の中で弟に怨言を吐いていると、

「初めての原稿にしちゃ、なかなかよかったよ。で、続きもあるんだろう」

　ああ、これか、と勘助が文机の紙束を手に取った。いいかとも訊かずに目を通していく。

　こんな日が来るのを待っていたはずなのに、どうしてか息苦しい。自らの書いたものを人に読まれるのがこれほど恥ずかしいとは思わなかった。いや、幸太郎に読まれても何ともなかった。息苦しいのは相手が勘助だからだ。間近で見る勘助の顔は思った以上に整っていて、それもまたおけいの胸を苦しくさせた。

　耐え切れずに立ち上がろうとしたときだった。

「いいじゃねぇか。〈おりくの目〉もよかったが〈平蔵の目〉もいいな。独白の形にしたのは、おめぇの考えかい」

　切れ長の目がこちらを向いた。その目に促され、おけいは浮かせかけた腰を元に戻す。

「そうだよ。でも、考えたわけじゃないんだ。勝手にそうなっちまった」

「なるほど。古茶先生とは違うんだな」

勘助はにっこり笑った。

「違うって、何が？」

「古茶先生は書く前に結構じっくり考えるんだ。話の最後まで考えてからじゃないと、書き出せないって言ってる。けど、おめぇは書きながら考えていく、いや、感じながら書いていくのかもしれねぇな」

「そりゃ、あたしは祖父ちゃんと違ってへたくそだもの」

「そういうことじゃない。どっちがいいか悪いかじゃなく、そういう書き方なんだ。人によって違う」

「けど、この事件、落着しちゃったからね。この後をどうまとめようか、壁にぶち当たってるんだ」

科人は番頭でした。おしまい。

「それじゃ、面白くないじゃないか」

「だったら、面白くすればいい」

「何を禅問答みたいなことを言ってるのさ。それがわからないから苦しんでるんだろうよ」

　この唐変木、とおけいは傍にあった丸めた反故紙を勘助に向かって投げつけた。紙は勘助の右肩に当たって畳に落ちた。胸がもやもやして苦しかった。その苦しさが、戯作に詰まっているせいなのか、はたまた勘助への思いのせいなのか、どうにもわからなくなっている。

「この原稿、よく書けてるけどな。まだ物語の芯がないんだよ」

　その言葉にはっと胸を衝かれた。

　——何だかふわふわしてる。物語の芯がないんだ。

　祖父と話しているときにおけい自身がそう言っていたではないか。

　この物語の芯。

　それは小雪だ。主人夫婦を殺したのは番頭の平蔵かもしれないけれど、事件の中心にいるのは小雪だ。小雪を、彼女の心を描かなくてはいけなかった。伝三郎と一緒に話を聞いているうちに、謎解きのほうにばかり目が向いていたが、あたしが目指しているのは、岡っ引きではなく戯作者なんだ。

「近松は、事件を書きたかったわけじゃない」

　勘助がぶつけられた反故紙を拾い上げ、おけいを真っ直ぐに見た。何の濁りもない鳶色《とびいろ》の瞳に引き寄せられる。

「じゃあ、何を書きたかったのさ」

答えをわかっていながら訊いた。芯だ。人の心だ。でも、勘助の口から、勘助の言葉で聞きたかった。

「業《ごう》だ。人の業を描きたかったんだ」

そうか。業だ。

『曽根崎心中』の徳兵衛とお初も然《しか》り。頭の中では違うとわかっていても、どうにも抑えきれない心の動き。それが、業だ。

小雪が〝お千代〟の生まれ変わりだとしたら、その業とは前世では添い遂げられなかった半兵衛と来世で一緒になることだろう。だが、小雪本人の業はどうなのだ。小雪としてこの世に生を受けた娘の本心はどこにある。

それを摑まねば、この物語は完成を見ない。

「ふむ。少しは役に立ったかな」

勘助はにやりと笑うと、手の中の反故紙をおけいに投げ返した。思わず、それを受け止める。いや、受け止められるような場所に投げてくれたのだ。

「泣かせる戯作を待ってるからな」

そう言って勘助は立ち上がる。そこまで送るから、とおけいも慌てて腰を浮かせた。

表に出ると、まだ秋の陽は高かった。ちょうど八ツになる頃だろうか。頭の中に葛きりが思い浮かんだ。

茶でも飲みに行かないかい。

そんな言葉が喉元まで出掛かっているのに声に出せない。どうして勘助には言いたいことが言えないのだろう。伝三郎に感じた棘だらけの垣とは違う。氷のように透き通った壁だ。向こう側が見えるのにおけいの前に冷たく立ちはだかっている。だから、余計にもどかしい。

「そいじゃな」

勘助は淡々と別れを告げると、雑踏の中へ身を滑らせていく。秋の光で揺らめく人波の中、男の背はどんどん小さくなっていく。

すらりとした背がとうとう見えなくなると、思わず溜息が出た。

と、そのときである。

「ったく、本当に不器用なんだから」

呆れ声がした。

慌てて声のほうへ視線を向けると、困じ顔で立っていたのはお奈津であった。

「不器用って何が」

素知らぬ態でおけいが訊くと、盛大な溜息が返ってきた。

「馬鹿だね。あたしが、あんたの気持ちを知らないとでも思ってるの。大体、あんたに隠し事なんか無理だからね」

それで肩の力が抜けた。よく考えれば、祖父と幸太郎にもばれているくらいなのだから、お奈津がわからないはずがなかった。でも、僅かに残った負けん気が頭をもたげ、頷くことができないでいる。すると、溜息交じりの失笑が耳を掠《かす》めた。

「ま、いいさ。茶でもご馳走するから、寄っていきな」

有無を言わさず、お奈津はおけいの腕を摑むと、店の裏手へ向かってずんずん歩き出した。

お奈津に連れていかれたのは、店の小座敷ではなく離れの母屋のほうだった。

「先に行ってて」の言葉を受け、梯子段を一人で上る。

懐かしい部屋だ。幼い頃はよくここで話したり、お菓子を食べたり、絵草紙を読んだりした。お奈津が惚れた男の話もここで聞いた。でも、おけいはお奈津に勘助を好きだと言えなかった。

思い出をなぞりながら座ると、格子窓からは裏通りが見えた。着飾った見物客が練り歩く表通りとは違い、仕舞屋や小店が並ぶ、ごちゃごちゃした風景を見るとなぜかほっとした。地味な着物姿のおかみさんたちが噂話に花を咲かせ、そこから少し離れた場所では油売りが小女《こおんな》と話し込み、文字通り油を売っている。

お待たせ、と明るい声に振り向けば、お奈津が盆を携えて入ってきた。

「好いてるって言えないのは、火傷のことがあるからかい」

いきなり本題に入り、おけいの前に茶の入った湯飲みを置いた。

「わかんない。けど、あいつの前に行くと息苦しくなっちまう。それこそ、煙を吸ったみたいに」

だから、言いたいことを言えない。むしゃくしゃして、さっきみたいに反故紙をぶつけるなんて子どもじみたことをしてしまう。

「勘助さんもさ、息苦しいのかもよ」

「どうして？　どうして勘助が息苦しいのさ」

「あんたが息苦しいからだよ」

その言葉にはっとした。あたしが息苦しいから勘助も息苦しい。

微笑んだ後、お奈津は言葉を継いだ。

「人って不思議なもんでさ。こっちが嫌いって思ってたら、相手にもそれが伝わって嫌われるんだよ」

胸がずきりとした。この間、幸太郎にも言われたことだった。だが、あれは伝三郎に対してだ。

「あたしは勘助が嫌いなわけじゃないもの」

むしろ好きだ。

「そうさ。たぶん、あんたの好きって思いも勘助さんに伝わってると思うよ。けど、その〝好き〟には余計なもんがぶら下がってる。その分だけ重いんだ。だから、勘助さんも重いと感じてる。大抵の男ってのは重すぎるもんは嫌がるのさ」

お奈津はそう言うと、茶を飲んだ。

「じゃあ、軽くすればいいの。軽くすれば勘助は受け取ってくれるのかい」

「軽くできるのかえ」

お奈津が盆に湯飲みを戻した。

「できないよ。いや、どうやって軽くしたらいいのかもわからない」

　おけいは自らの前に置かれた湯飲みを見つめた。小さな小さな水鏡の中にはどんな顔が映っているのだろう。

「勘助さんは必死なんだと思う。今が正念場なんだよ。余裕がないのに、そんな重いもんをぶら下げた女を引き受けるなんて、胆力のある男じゃなきゃできないよ。それか、うちの旦那みたいに何も考えてない能天気な坊ちゃんか――」

「誰が何も考えてないって」

　笑いを含んだ声がして、その〝坊ちゃん〟がいきなり現れた。渋い煤竹《すすだけ》色の小袖に黒と白の棒縞の角帯。お奈津が一目惚れしたとあって、涼やかに張った目元と色白の細面は役者かと思うくらいの男前だ。

「おけいちゃん、久方ぶりだね。相変わらず元気そうだ」

　にこやかな笑みを浮かべ、お奈津の傍に綺麗な所作で腰を下ろす。

　そうか。心の中はうじうじしていても傍からは元気そうに見えるんだ。何だかほっとする。

「うん。卓次郎さんも元気そう。でも、お奈津っちゃんの相手じゃ疲れるでしょう」

「ああ、疲れる、疲れる。何か言えば、十倍くらいになって返ってくるからね」

そう言いながら、横にいるお奈津を見る目には慈愛がこもっている。

「おあいにくさま。けど、明るくてはっきりものを言うところがいいって言ったのは、そっちだからね」

こちらも幸せそうだ。いつものことながら、ごちそうさま。

「で、ちょいと話が聞こえちまったんだけど、おれはさ、勘助さんって男はそんなに柔《やわ》じゃないと思うよ」

卓次郎が真面目な口調で言う。

「どうして、そう思うんだえ」

すかさずお奈津が問う。

「わざわざ火事場に戻っておけいちゃんを庇ったんだろう」

卓次郎がおけいの心の柔らかな部分にそっと手を触れる。少し痛いのをこらえ、おけいは黙って頷いた。

「火事場へ行くのを止めるくらいは誰でもすると思う。けど、わざわざ追いかけていくなんてなかなかできることじゃない。誠実で勇敢な男だよ。孤児から通油町に店を開くまでの才覚も辛抱もある。で、もしもおれが勘助さんならってことで話すけど、おけいちゃんを戯作者として育てたいと思ってるんじゃないか。だから、おけいちゃんの思いに気づいてるけど、気づかない振りをしてる。余計な情を挟まないように」

　卓次郎はすらすらと語り、どうだい、とでも言うようにおけいの目を覗き込んだ。

「じゃあさ。勘助さんもおけいを好いてるってこと？」

　お奈津が率直な問いを投げる。

「話を聞いている限りでは、嫌ってはないと思うよ。けど、女房にしたいかと思ってるかどうかはわからない。ただ――」

「ただ？」とお奈津が先を促す。

「さっきも言ったように、勘助さんは戯作者としてのおけいちゃんの才に惚れてる。それと色恋は別なんだよ。男はそういう生き物だから」

　男はそういう生き物。おけいにはよくわからないが、お奈津は腑に落ちたのか、珍しく神妙な顔で夫を見つめている。

「おれのことを話すとさ、おれはお奈津を菊野屋の名物女将《おかみ》にしたいわけ。ほら、さっきも言ったけどこいつ明るくてお喋りだろう。だから、茶屋の女将にぴったりなのさ。ま、芝居が流行らないとうちも商売上がったりだけどね」

からからと笑う。

「何となくはわかった」とお奈津は夫へ頷きを返すと、おけいのほうを見た。「あんたは、戯作者になりたいんだろう」

「うん、なりたい」

「だったら、早くおなり。そうすれば、夫婦になれる」

お奈津はきっぱりと言い切った。

妻の言葉に納得したように、卓次郎はひとつ頷いてから、

「そいじゃ、おれは板場を覗いてくるわ」

おけいちゃん、ごゆっくり、と腰を上げ、とんとんと小気味よく梯子段を下りていった。

「いい亭主だね」

「そうだね。けど、最初はがつんとやられたんだよ」

「がつん？」

「そう、がつん。痛かったねぇ。あたしがやさぐれてたのはなぜだと思う」

お奈津が綺麗な瞳でおけいを見つめた。

「わかんない。そもそもそんなふうにお奈津っちゃんを見たことがないから」

おけいにとって、三歳上のお奈津は大人っぽくて綺麗で気風《きっぷ》がよくて優しい姉さんだった。確かに芝居町の莫連女として名を馳せていたけれど、別段、悪いことをするわけでもない。ただそれは格好だけのことで、飾り立てたばいまげに、ぞろりとした派手な外着、伝法な口調で喋っているだけのことだと。

「あたしはさ」

物心ついたときから芝居茶屋を継ぐのが嫌でたまらなかったという。芝居も役者もあまり好きではなかった。男の癖に裏声で喋る女形《おやま》も大声で怒鳴る立役も女たちに囲まれる二枚目役者も、みんなみんな作り物めいていて好きになれなかった。そんな役者たちを金で買う金満家たちはもっと好きになれなかった。何より、その間に入って、双方におべんちゃらを使い、金を得ている芝居茶屋の仕事が大嫌いだった。

「だから、やさぐれてやったんだよ」

お奈津は自嘲めいた片笑みを浮かべた。

「でも、あたしはお奈津っちゃんが好きだった。どんな格好してたって、お奈津っちゃんはお奈津っちゃんだったよ。綺麗で優しくて気風がよくて」

今だってそれは変わらない。

「ありがとう。でも、おけいには言えないような恥ずかしいこともたくさんやってたのさ。その度におとっつぁんが金で揉み消す。それがまた嫌だったんだ」

馬鹿な女だろう、とお奈津はくすりと笑った。

「そこから変われたのは、卓次郎さんのお蔭?」

「ああ、そうだね。あたしの一目惚れって言ったけど、あの人の顔に惚れたんじゃないんだ。心意気っていうのかね。そこに惚れたんだ」

十九歳になっても落ち着かないから、と父親が強引に婿取りをさせようとしたそうだ。縁談なんか毫《ごう》も興味はなかったが、同じ芝居茶屋の次男坊と聞いて会ってみようか、と気まぐれに思った。

「会った途端、いけすかない野郎だって思ったんだよ。顔もいい、気性もいい、頭もいい。どうして芝居茶屋の次男がこんなふうにいいとこずくめなんだ、ってね。向こうにしてみたら理不尽だっただろうけど、むかっ腹が立ってさ。で、あたしはこんなふうに言ってた」

――この男をうちの養子にすればいいじゃないか。あたしは、家を出て行くからさ。

すると、卓次郎はお奈津に向かって怒鳴《どな》ったそうだ。

――いらないんなら、おれが菊野屋をもらってやるさ。けど、あんたが着てる、その綺麗なべべも、頭に乗っけてるきらきらした簪《かんざし》も、全部置いてってくれ。それらはあんたのおとっつぁんやおっかさんが、必死に店を切り盛りして手に入れたもんだ。ぜんぶ店のもんだ。

「ぐうの音も出なかった。何だか、ほっぺたを思い切り張られたようでね。それが〈がつん〉ってことさ」

痛くて痛くて本当に涙が出てきたよ、とお奈津は頬に右手をそっと当てた。

その後がまた格好よかったという。怒鳴ったかと思えば、泣いているお奈津に諄々《じゅんじゅん》と説いたそうだ。

――なあ、もったいないことすんなよ。継ぐ家があって、その家をてめぇの力で幾らでもよくできるのに。何でそれをわざわざ棄てるようなことをするんだよ。

「それで、こうなったのさ」

お奈津は恥ずかしそうに視線を下げた。その眼差しの先は卓次郎が座っていた場所だった。ああ、今日、二回目の〈ごちそうさま〉だ。

結局さ、とお奈津は顔を上げた。

「優しいだけの男は駄目なんだよ。そういう意味では勘助さんはいい男だと思うよ。素っ気無く見えても、あんたをちゃんと伸ばそうとしてくれてるんだから。だから、早く戯作者におなり」

最前と同じ言葉を繰り返した。

「ありがとう。お奈津っちゃん。あたしがんばるよ。戯作が完成したら読んでね」

お茶、ごちそうさま、とおけいは立ち上がった。

あたしがやるべきことは、今取り掛かっている、この戯作を完成させることだ。

――まだ物語の芯がないんだよ。

勘助にも言われた通り、この戯作の芯は小雪だ。小雪の心だ。業だ。それを摑まねば戯作は完成しない。

母屋を出ると、おけいは裏通りから七丁目の自宅に向かって歩き始めた。ちょうど棒手振《ぼてふ》りが闊歩《かっぽ》する刻限だ。水の張った盤台で揺れる豆腐や、桶から飛び跳ねそうな秋鯵《あきあじ》を見ているうちにお腹が空いてきた。鍋はないから豆腐は無理だけど。

「鯵ちょうだい」

おけいは魚売りを呼び止めた。

「へぇ。毎度。姉さん、器量よしだから大きいのにしとくね」

丸顔の魚売りは本当に大きい二尾を掴むと、油紙に包んでくれた。三枚に下ろして酢で〆るか。天ぷらにするか。

「ありがとう」

おあしを払って、自宅へ足を急がせる。

先ずは幸太郎に相談だ。小雪が上方のお千代の生まれ変わりだとしたら、弟の澄んだ目にはそれが映るかもしれない。

三

「ねえ、幸ちゃん。これで最後だから、もういっぺん拝み屋になってちょうだい」

我ながら気持ちの悪い裏声で、おけいは幸太郎の前に白無地の狩衣を置いた。

「やだっ！　一度だけって言ったのに、二度も着たんだからな。三度目はない！」

頑《がん》として幸太郎は首を縦に振らない。

「だったら、どうやって小雪さんに会えばいいの」

「正面切って、会いに行ったらいいじゃねぇか。姉ちゃんはおれと違って面が割れてないんだから」

口元に片笑みを浮かべ、幸太郎はすげなく突き放した。なまじ整っているだけに、こういう笑い方をするとなお酷薄に見える。

「それか、伝三郎さんにでも頼めば」

冷たい笑みを浮かべたまま言い放つ。

「そんなの無理に決まってるじゃないか」

おけいは伝三郎の吊り上がった目を思い出した。思ったより嫌な奴じゃないとはわかったけれど、まだ二人きりになるのは自信がない。

「どうして無理なのさ。あの人は、案外優しいよ」

「優しいとかじゃなく、あいつもそうそう暇じゃないんだよ。定町廻りの同心だって南北の御番所合わせて十二名しかいないんだって。だから、伝三郎みたいな岡っ引きを使ってるんだろうけど。とにかく、落着した事件なんぞにいつまでも関わってくれるわけがないじゃないか。大体、あんな偏屈もん――」

「おけいちゃん」おっとりと呼ぶ声がした。「〝待ち人〟がおいでだよ」

すぐそこで会ったんだ、と座敷の入り口で祖母が朗《ほが》らかに笑っていた。その横には伝三郎が口をすぼめ、仏頂面で立っていた。

——もういっぺん、安房屋の小雪と一朗太を探れ。ただし、戯作者んとこの姉弟を上手く使うんだ。弟の目が今度も何かを拾うかもしれん。

同心の半沢にそう命じられ、伝三郎はおけいたちを訪ねてきたのだという。半沢は番頭の平蔵を〈白〉と踏んでいるそうだ。十歳で乞食同然のところを先代に拾われ、苦労に苦労を重ね、ようやく先代に後を託されるほどの店の柱になった男が、内儀の一言でかっとなって首を絞めたことが腑に落ちないと言ったらしい。

だとしたら、平蔵は誰かを庇っているということになる。

その誰かとは——疑わしいのはやはり小雪だ。だが、小雪が内儀を殺したとして、それは〝小雪〟としてなのか、〝お千代〟としてなのか、どちらだ。

ともあれ、善は急げ、とばかりに祖母の茶漬けをかき込んで、おけいは幸太郎と伝三郎と共に大伝馬町の安房屋へ向かった。狩衣を着ることはあんなに嫌がっていたくせに、伝三郎が同道するとなった途端、手のひらを返して、おれも行く、と目を輝かせたのだ。

——幸太郎は面が割れてるけど、どうする？

おけいが問うと、

——ま、拝み屋に扮したのもお調べのひとつだ、と言えばいい。

伝三郎はしれっと答えた。こうじゃなきゃ、岡っ引きなんて務まらないんだろうな、と半分感心し、もう半分では、やっぱり岡っ引きなんて信用できない、などと思っているうち、安房屋の前についていた。

「ねえ、おりくさんとぶちは見える？」

同じ白でも狩衣ではなく、絣の着物をしゃっきりと着こなしている幸太郎の耳元に囁いた。美貌の弟は何を着ても似合う。

「いや、今日はいない。けど、この家、やっぱり嫌な気をまとってるよ」

「嫌な気ってのは、なんだい」

伝三郎が幸太郎に訊ねた。お役目だからか、その目は常よりも吊り上がっている。額の傷とも相俟って、初めて会った人間は怖がるだろう。

「じっとりと肌に絡みつくような気だよ。最初は何だろう、って思ったけど、今ならわかる。この嫌なものが何なのか。たぶん、これって死んだ内儀の気だ」

幸太郎は鼻に思い切り皺を寄せた。

「内儀の気ってことは、内儀の幽霊がいるってことか」

伝三郎が頬を歪めて屋根へと目を転じた。

「いや、幽霊じゃない。これって長い年月を経て、積もり積もってこの場にこびりついたんだと思う」

幸太郎の言うことは何となくわかる。人の思いというものは、人の身が朽ち果ててもその場に残るものなのだろう。それが強ければ強いほど、拭っても拭っても落ちない泥のように。おりくや番頭の話を聞いたからか、以前に来たときは感じなかった黒くべっとりしたものが、安房屋の屋根の上にのしかかっているような気がする。

「とりあえず、入ろう」

伝三郎の声に袖を引かれ、おけいは屋根から目を引き剝がした。

暖簾をくぐると、昼間だというのに店先は客もなくしんとしていた。

本来なら主人か番頭が座っている帳場格子も今はがらんとしており、耳を澄ませても人の気配はなかった。

「勝手口から回ったほうがいいかな」

おけいが言うと、

「でも、こうして店を開けてるんだからさ」

ごめんください、と幸太郎が声を張り上げたときだった。背後に人の気配がした。

振り返ると、そこに立っていたのは一朗太だった。当たり前だが、先に会ったときよりも色白の顔はやつれている。

「ああ、いつぞやの」

と言いながら、落ち込んだ目をぱちぱちさせている。

「お上のお役目を手伝っている、伝三郎ってもんです」

伝三郎が懐のものをちらりと覗かせた。

「はい、存じております。ですが、そちらさまは」

一朗太が幸太郎とおけいを交互に見る。

「へえ。こっちは、あっしの手下でして」

伝三郎がしれっと答えた。

「手下――ああ、そうでしたか」

一朗太は得心したように頷き、ほんのりと笑った。白い歯がこぼれ、やつれた顔に十八歳の若やぎが僅かに覗いた。

「すみません。拝み屋だなんて嘘をついて」

素直な笑顔に胸を打たれ、おけいは心底から頭を下げた。

「いかさまだったってことですね」

喉にくぐもった笑いを残したまま一朗太は言った。

「はい。でも、この子の目はいかさまではありません」

おけいの言葉に、一朗太の笑顔が少し強張った。

「おりくさんの幽霊と、ぶちの幽霊に会いました。おりくさんは小雪さんのことを案じています。そして、ぶちは小雪さんに会いたがっています。でも、この家を覆っている嫌なものに怯《おび》えて、中に入れないんです」

おけいが一気に告げると、一朗太の涼やかな目が大きく見開かれた。形のよい唇が微かに震えている。

おりくが亡くなったことを一朗太も知らなかったのか。まあ、そうだろう。番頭の平蔵が知らなかったくらいなのだから。あんなに小雪のために尽くしていたのに、その死がこの家の誰にも伝わっていなかったのは悲しい。

「ぶちにも――会ったのですか」

一朗太の声はかすれていた。

「はい。会いました。白と黒のぶちで。目が大きくて黒くて」

これくらいの大きさで、と幸太郎が手でぶちの大きさを示した。

「ああ、そうです。あんまり大きくなかったんです。一年経っても子猫みたいで」

一朗太は少し目を潤ませた後、

「おりくは。おりくはどんな様子でしたか」

幸太郎にすがりつくような目で訊ねた。まるで母親とはぐれた迷子のようだった。幸太郎は困惑したような面持ちで返した。

「おりくさんは泣いていました。ぶちを抱いて悲しそうな顔で――」

「一朗太。そんなところで立ち話もなんですから、上がっていただきなさい」

薄暗い板間から声がした。

帳場格子の横に立った姿を見て、おけいは息を呑んだ。

薄縹色《うすはなだいろ》の淡い着物を身にまとっているせいもあろうが、向こう側が透けてしまうのではと危ぶまれるほど小雪の肌は白かった。その分、唇が赤く際立っている。やつれても美貌は衰えるどころか、いっそう凄みを増していた。

「ああ。姉さん。起きていて大丈夫なのですか」

一朗太の問いかけに小さく頷くと、小雪はその場に端座し、しっかりした声で告げた。

「この度は、安房屋の者が大変ご迷惑をおかけしました。私の知っていることであれば、何でもお話し申し上げます」

安房屋の庭は相変わらず美しかった。以前に訪れた際には気づかなかったが、庭の一隅には萩《はぎ》も植えられており、蝶形の可憐な花を風に揺らしていた。

小雪が案内してくれたのは例の座敷であった。相変わらず、大きめの文机と書見台、それに用箪笥が置かれている。

「ここで父と母は死んでおりました。畳はすべて替えさせました」

腰を落ち着けると小雪は淡々と言った。

その物言いに引っ掛かりを覚える。と、赤い唇が僅かにほころんだ。

「私を冷たい、と思われましたか」

大きな目がおけいを見つめる。

「いえ、そんなことは――」

おけいが慌てて首を横に振ると、

「いいのですよ。私は両親が嫌いでしたから」

ことに義母《はは》が、と小雪は美しい顔を歪ませ、はっきりと言った。

「姉さん――」

「いいの。本当のことですもの」

弟に向かい、小雪はうっすらと笑んだ。

だったら、こちらも率直に訊こう。

「それは、亡くなったお内儀さんに嫌われていたからですか」

おけいは真っ直ぐに小雪を見つめた。

――人って不思議なもんでさ。こっちが嫌いって思ってたら、相手にもそれが伝わって、嫌われるんだよ。

知らずしらず、お奈津の言葉を手繰り寄せていた。

小雪もおけいの眼差しを逸らすことなく受け止め、大きく頷いた。

「はい。そうです。義母は私を大嫌いだったと思います。最初は九つのときでした」

小雪の自室に入り、義母が書架から本をいきなり引き抜いた。

――こんなものばかり読んでいるから、いやらしい目になるんだ。

そう言って、何冊かの本をびりびり破ったという。

「それが最初でございました。本を破かれたこともつらかったですが、何よりも〈いやらしい目〉というのが胸にこたえました。九つとは言え、その言葉に私を嫌悪する気持ちがこめられているのはわかりましたから。その頃は、義母と血が繋がっていないことも知っていました」

だから、おっかさんは私を嫌っているのだ。

私が本当の子ではないから、本を破いたのだ。

「それでも、最初は義母に好かれようと努めたのです」

率先して家のお手伝いをしよう。

手習所でも一番になるように、家に戻ってからも手習いに励もう。

弟の一朗太の面倒を見よう。

悲しいことがあっても、明るくにこにこしていよう。

何より、おっかさんに叱られたら、素直にごめんなさい、と言おう。

そんなふうに考え、毎日を懸命に過ごしたという。

「でも、駄目でした。私がそう思えば思うほど、義母の眼差しは冷たくなるばかりでした」

そのうちに、おまえの顔なぞ見たくない、と言われ、食事も別々にとるようになってしまった。

あたしの何が駄目なんだろう。おっかさんはどうしてあたしをこれほどまでに嫌うのだろう。懸命に考えたが一向に答えは出なかった。

そうこうするうちに小雪は十歳になっていた。

そんなある日、自室ではっと目が覚めた。障子紙から陽が差し込んでいるのを見ておかしいな、と思った。もっと小さい頃ならともかく、近頃は昼間に寝てしまうなんてことはなかったからだ。ぼんやりする頭の中を探ってみると、家の前で習い子と別れたところまでは憶えていた。手習所は目と鼻の先だったし、近所の子と一緒に通っていたから、おりくは供にはついていなかった。そのあとは、たぶん部屋に戻って本を読んで——そうか。本を読んでいるうちに眠ってしまったのかもしれない。

「そう思って立とうとしたら、背中がずきずきと痛んだのです。まるで麻縄か何かで叩かれたようでした。ですが、背中のことですから確かめようがありません。おりくに見てもらおうかとも思いましたが」

心に決めたことが思い浮かんだのだという。

悲しいことがあっても、明るくにこにこしていよう。

こんな痛みくらい辛抱できる。おりくに無用な心配をかけちゃいけない。

「でも、十歳の辛抱なぞ、おりくにはすぐに見抜かれてしまいました。湯屋に行かないのを不審がられたんです。おりくは私を抱いて泣きました」

——大丈夫ですよ。おりくが守って差し上げますからね。

ああ、およしの言った通りだった、とおけいの胸はきりきりと痛んだ。十歳の少女を胡弓の弓で叩くなんて、人の心を持っていたなら、そんなことができるはずがない。おけいは膝の上で拳を固く握り締めた。

そんな姉の様子を察したのだろう、幸太郎が訊ねた。

「で、その折檻について、内儀の仕業だと気づかれたのはいつですか」

「十二か。十三だったかしら。ただ、打たれた際の憶えはありません。義母の顔を見て、そうではないかと思っただけです。背中が痛むとき、私に会うと義母は目を逸《そ》らしましたから。鬼のようでも多少の後ろめたさはあったんでしょう。それに」

おりくの表情や言葉からそうではないかと気づきました、と小雪は目をしばたたいた。

「そのおりくさんですが——」

「はい。亡くなったことはもう何年も前にわかっていました」

おけいに皆まで言わせずに小雪は淡々と告げた。

番頭も一朗太もその死を知らなかったのに小雪はなぜ知っていたのか。いや、知っていたではなく、わかっていた、と言った。

おけいの訝《いぶか》り顔を見て取ったのか、小雪は懐から紫色の巾着袋を取り出し、中のものを自らの手の平に載せた。それは数珠《じゅず》だった。いや、正しく言えば、紐が切れてばらばらになった数珠の幾粒かだった。その一粒を愛おしむように撫でると小雪は先を続けた。

「別れるときに、おりくからもらったものです。最後まで守れなくて申し訳ないと言って。せめてこの数珠がお嬢さんを守ってくれますようにって」

――でも、これはおりくのおっかさまからいただいた大事なものでしょう。こんなに大事なものだからこそ、お嬢さんにお渡しするんです。おりくは、こんなに大きくて丈夫ですからこれがなくても平気です。疱瘡《ほうそう》の神だってあたしを見たら逃げちまいますよ。だから、これはお嬢さんが持っていてください。

そう言って、渡してくれたそうだ。

だから、いつも肌身離さず持っていた。

でも、おりくが去ってから一年半余りが経ったある晩、夜具の中に入った途端、胸が張り裂けるような痛みが走った。まさか、と思い、慌てて懐の中から巾着袋を取り出すと、数珠の紐が切れていたそうだ。

「霜月《しもつき》になったばかりの雪の日でございました」

その言葉におけいの胸は氷を飲み込んだようにひやりとした。

およしは、姉の亡くなった日をこんなふうに言っていた。

――霜月になったばかりの、その冬初めての雪が降る寒い日だった。

「きっとおりくは果敢なくなったのだ、と思いました。その晩、何とかしてこの数珠を繋ぎ直そうとしたんです。でも、不思議なことに、何遍やっても上手くいきませんでした。糸がどうしても切れてしまうんです」

そこで言葉を仕舞うと、小雪は数珠を一粒ずつ巾着袋に戻した。慈しむようにもう一度袋の上から撫でた後、静かに微笑んだ。

「おりくこそ、私の本当の母でしたから」

だから、今も幽霊になってこの家にいるんですよね、と幸太郎を見つめる。一朗太との話を聞いていたのか。

「はい。猫を抱きしめながら泣いていました。きっと小雪さんのことが今でも気がかりなんだと思います」

幸太郎が神妙な顔で答えた。

「そうですか。でも、家の中には入れないのね、おりくもぶちも。恐ろしかったあの人はもうこの世にいないのに」

小雪は大きな目で今度は伝三郎を見た。

「既に役人に訊かれているとは思いますが。その日のことで憶えていることを、もういっぺんお話しいただけますか」

伝三郎の目は優しかった。およしから話を聞いた後と同じように。

「ええ、何遍でもお話しします」小雪は深々と頷き、すらすらと答えた。「義母は夜具の上に横向きに寝かされていました。その首には紐か何かで絞められた跡があり、夜具の傍で父が苦悶の表情を浮かべて倒れておりました。父の傍には空の湯飲みが転がっていました」

それは伝三郎から聞いた通りだ。

「両親の手首は紐で縛られていましたので、心中だと皆は申しましたが――」

そこで言葉を途切れさすと、小雪は小さく息を吸った。

「私は、違うと思いました」

座の空気がぴんと張り詰めた。姉さん、と一朗太が小雪を止めるのを、

「どうしてですか」

と、おけいは遮った。

「両親の間に愛などなかったからです。心中というのは、愛し合う者同士が来世での幸福を願って行うものでしょう。この人たちが共に死ぬはずなぞないと。だから、これは心中に見せかけた殺しだとすぐに気づいたんです」

「どうして、それをすぐに役人に言わなかったんです」

おけいは小雪に問うた。

「家の者が疑われるからです。義母を嫌っている人間はたくさんいましたから。私はもちろん、平蔵も手代も女中も。数え上げたらきりがありません。ですから、言わなかったのです」

小雪の澄んだ目がおけいを射貫く。その目にそそのかされるように、おけいは訊いていた。

「小雪さん。単刀直入に訊きます。あなたが殺ったんじゃないですか」

その途端、一朗太が目を瞠った。「何を言うんです。姉さんが、あんなことをするはずが――」

「一朗太」

毅然《きぜん》とした声が、それを止めた。

「おっしゃる通りです。私が殺ったのかもしれません」

小雪がおけいから目を逸らさぬまま言った。

「かもしれません、っていうのはどういうことですか」

おけいも負けじと小雪の目を見つめ返した。

「平蔵からも聞いているのでしょう。私は大人になった今も、自分がどこにいたのか、何をやっていたのかわからなくなることが時々あるのです。頭の中にある抽斗《ひきだし》がそこだけ、ぽっかりと抜けたみたいに」

それまで冷静だった小雪の声が上ずった。

「そのぽっかりと抜けたときに、お内儀さんの首を絞めたかもしれない、そういうことですね。それは〝お千代〟さんになっているときではないですか」

おけいが核心に触れた途端、小雪の面持ちが変わった。

まるで見えぬ手がさっと伸びて、小雪に面を付けたような、いや、一瞬のうちに十歳近くも歳を取ったような、そんなふうに思えた。

小雪の真っ赤な唇がわなわなと震え、大きな目には涙がみるみる溢れ返った。

「うちはおっかさまが憎かった。だって、おっかさまは、うちはこの家には合わん、言うて追い出そうとするんやもの――」

「やめろっ！」

叫び声が小雪の言葉を押しつぶした。

「姉さんはおっかさんを殺してなんかいない。小雪は殺してなんかいないんだ、と一朗太は小雪の体を抱き寄せた。その腕の中で小雪は糸が切れたからくり人形のように崩れ落ち、しくしくと泣き出した。

小雪の姿は子どものように見えた。まるで大人にこっぴどく叱られて泣いているような幼い子どもに。

おけいが呆気《あっけ》に取られていると、薄縹色の華奢《きやしや》な背をさすりながら一朗太がまなじりを吊り上げて言った。

「帰って下さい。もう事件は落着したんです。これ以上、わたしたちを追い詰めないでください」

表へ出ると、大伝馬町の通りには宵闇が落ちていた。

「あたしのせいだね。弟をすっかり怒らせちゃった」

一朗太の言う通り、追い詰めすぎてしまった。

「いや、そう悪くはなかったぜ」

伝三郎が慰めるように言えば。

「そうだよ。姉ちゃんが追い詰めたから〝お千代さん〟が見られたんだ」

幸太郎まで褒めてくれた。

いささか後味は悪いが、おりくや平蔵から聞いた通りだった。あれはどう見ても演技ではない。小雪の中には確かに〝お千代〟という女がいるのだ。しかし問題は、それが何なのか、ということだ。

「ねえ、幸太郎、何か見えた？」

「いや、何も見えなかった。けど、どう見ても演技じゃないだろう。だから、小雪さんはやっぱり、上方の〝お千代〟さんの生まれ変わりなのかもしれない。生まれ変わりと幽霊の違いは何かって訊かれたら、おれにもよくわかんないけどさ」

幸太郎は力なく首を横に振り、空を仰ぎ見た。

「ねえ、おりくさんはもういないの？」

その姿が朧げにでも見えないか、とおけいは天水桶の辺りを凝視した。

「いないね。もしかしたら、もう出ないかもしれない」

幸太郎は空から目を転じると、天水桶のある暗がりに目を当てた。

「どうして出ないのさ」

「以前も言っただろう。何かを伝えたいから現れるんだ。で、おれたちは、その思いを受け取ったじゃねぇか。おりくさんの妹さんを通してだけどさ」

そうか。受け取ったのか。で、その思いは小雪に渡した。

おりくさん、ぶち。どうか安らかに。

おけいは天水桶に向かってそっと手を合わせた。が、まだすっきりしない。

「でさ、伝三郎さん、小雪さんをどうするんだい」

しんみりした空気を払いのけるように、きっぱりと幸太郎が訊いた。怒気《どき》を含んだ物言いなのに、その目は今にも泣きだしそうだ。

「どうするって言われても、おれが勝手にお縄にすることはできないからな」

ぶっきらぼうに答えているが、こちらは優しい面持ちだ。

「でも、半沢様にはお伝えするんだろう」

おけいが問うと、

「まあな。けど、番頭が罪を認めている以上、小雪をお縄にすることはないだろうな」

伝三郎は柔らかな口調で答えた後、おけいの方に向き直った。

「で、おめぇは、どうなんだ。これで戯作の続きが書けそうかい」

「わかんない。書いてみないと」

「けど、別に事件のまんまを書かなくてもいいんだろう。ま、はっきり言えば嘘を書いたっていいわけだ」

「そうだね。ただ――」

「ただ、何だよ」

「幹の部分は真実にしたい」

言い換えれば物語の芯だ。

でも、どうやったら小雪の心、業に近づくことができるんだろう。

青みを残した宵の空には、明るい星がぽつぽつと輝き始めている。通りの店も軒提灯を点し、連子窓《れんじまど》からは灯の色が洩れている。けれど、安房屋にだけは塗り込めたような暗い闇がのしかかっている。心なしか、その闇はさらに深い色になっているような気がした。

「姉ちゃん」幸太郎の声がした。「ぶちだ。ぶちがいる」

慌てて天水桶のところを見ると、そっちじゃない、と幸太郎に袂を引かれた。

「戸のほうだ。でも、身をすくませてる。やっぱり、ぶちは小雪さんと一朗太さんに会いたいんだ。けど、家に残る念が怖くて入れないんだよ」

弟の視線を追い、おけいも戸のほうを見る。だが、悲しいかな、おけいの目はその姿を捉えることができない。

「どこにいるんだ」

伝三郎の目もまた泳いでいる。幸太郎は戸口の傍まで近づくと、よしよしと手で撫でてやった。だが、おけいの目には弟の手が宙を行き来するようにしか見えなかった。

「死んでもなお念が残るってのは、すげぇな」

伝三郎が吐き捨てるように告げた。

そうだね、と返しながら、その念もまた幽霊と同じようなものではないかとおけいは思った。

人の身が朽ち果ててもその場に残るもの。

――感じなくても、おれの言葉を言い換えることはできるだろ。

幸太郎にそう言われ、おけいはこの家にのしかかる闇を〈悋気《りんき》〉とか〈妬み〉とか、と答えたが、果たしてそんな簡単な言葉で言い表していいものなのだろうか――

ぶちの幽霊が中に入れないほどの恐ろしい闇だというのに。

——そうですか。でも、家の中には入れないのね。おりくもぶちも。恐ろしかったあの人はもうこの世にいないのに。

恐ろしかったあの人——そこではっと胸を衝かれた。

もしかしたら、あたしは肝心なことを忘れていたのかもしれない。

戯作の先を迷うおけいに勘助はこう言った。

近松は事件を書きたかったのではなく、人の業を描きたかったのだと。

頭の中では違うとわかっていても、どうにも抑え切れない心の動き。それが業だ。

そして、この家にこびりつく真っ黒な闇。これこそが、この重苦しい事件の根幹にあるもの。描くべき業ではないのか。

お喜代の業を炙《あぶ》りだせば、小雪の心の中も透けて見えるかもしれない。たとえ小雪が〝お千代〟の生まれ変わりだとしても、小雪としてこの世に生を受けた彼女自身の心があるはずなのだから。

おけいは空を振り仰いだ。深い闇は依然としてそこにある。だが、夕風のせいか、闇もまた震えているような気がした。

巻の四　守る人

一

〈お喜代の目〉

女は柳橋の芸者で、お千代という名らしい。

柳橋では一、二を争う美貌だとお喜代の耳にも聞こえてきた。夫は女が身ごもったと知ると同時に芸者稼業を辞めさせ、本所の仕舞屋をあてがったようだが、その子どもが夫の子だという証左がどこにある。金を持った男と見ればなりふり構わず媚《こび》を売る。昨今は芸を売るのではなく身を売る、転び芸者がほとんどだというではないか。大方、そのお千代という女もその類なのだろう。

お喜代がそんなふうに思っていた矢先、お千代が死んだと番頭の平蔵から聞かされた。

いい気味だ。人の亭主を寝取るから罰が当たったのだ。そんなふうに胸裏で快《かい》哉《さい》を叫びつつ、

「それはご愁傷《しゅうしょう》様。で、赤子はどうなったんだえ」

なるべく淡々と聞こえるように訊ねると、

「赤子のほうは息災だそうでして。玉のような女の子だという話でございます」

平蔵は神妙な顔で答えた。

何が玉のような、だ。余計なことを言うんじゃない。平蔵を叱咤《しった》したいのをこらえ、お喜代は平静をつくろった。

「それはよかった。で、その子の引き取り手はあるのかえ」

それが——平蔵はちまちました目をしきりにしばたたいた。

「どうしたんだえ。はっきりお言い」

苛立たしさをこらえてお喜代が先を促すと、平蔵は遠慮がちに口を開いた。

「はい。大旦那様も大内儀も、血の繋がった子なのだから、この家の娘として引き取りたいというご意向でして。大内儀がおっしゃるには、器量がいいのなら、婿の来手には困らないだろうと」

その物言いが癇《かん》に障《さわ》った。まるで、姑におまえは石女《うまずめ》だと言われているような

気もしたが、ここで癇癪をぶつければ、それを自ら認めているようなものだ。

「わかった。だったら、お乳の出る女を探さなくちゃならないねぇ」

こめかみが疼《うず》くのをこらえながら言うと、平蔵はほっとしたように肩を下げた。

「はい。その辺は抜かりなく。既に、おりくという女に当たりをつけております。乳飲み子を喪ったばかりでして、丈夫で気働きも利くそうです」

その得々とした口調にも腹が立つ。

「そう。じゃあ、任せるから適当にしておくれ」

お喜代は平蔵を手で追い払うようにし、退がらせた。

一人になると、知らずしらず溜息が出る。この家に嫁して十年が経つものの、お喜代は一度も身ごもったことはない。今や、夫も仕事を口実にした外泊ばかりで、いつしか寝所も別々になってしまった。

実家の母に愚痴をこぼせば離縁されぬだけまし、夫の女遊びくらいは大店の内儀として呑み込め、と諭《さと》されるだけだろう。だが、どれほどのつらい思いを呑み込んできたのか。

――まだ子はできぬのかえ。

嫁《か》して数年は、姑の蕗《ふき》にねちねちと訊かれた。そのうちに、

——だったら、他所で生ませるしかないかねぇ。

と、嫌味は別の文言に変わった。舅《しゅうと》のいるところで言わぬ狡猾さが余計にお喜代を苛立たせた。

——子ができなければ、養子をもらえばいい。

舅だけはそんなふうに言ってくれた。実直で大らかな人柄だと聞こえていたが、その通りだった。どうやら夫にはその美徳が受け継がれていないらしい。

だが、その出来物の舅でさえも、芸者の産んだ子を家に入れることに賛同しているという。どこの馬の骨ともわからぬ女の子どもを、このあたしに育てさせようというのだろうか。これから来る赤子を見る度に、あたしは死んだ女の顔を思い出さねばならないのだ。だったら、いっそのこと離縁したほうがましではないか。どうせ、夫はあたしになぞ何の興味もないのだから。

何度目かわからぬ溜息がこぼれ落ちたとき、ふと頬を温かいものが伝い落ちた。様々な思いが混じり合った涙は止めようとしても止まらずに、それから半刻ほどもお喜代の頬を濡らし続けた。

それから間もなくして赤子は安房屋にやってきた。連れてきたのはおりくという乳母になった女である。五尺七寸はあろうかという大女だが、人の好さそうな優しい面立ちをしていた。

「まあ、何と可愛い」

姑の蕗はおりくから赤子を受け取ると頬ずりをした。平素は淡々としている舅でさえも相好を崩し、夫に至ってはだらしがないほどにまなじりを下げている。

だが、確かに可愛い。玉のような女の子、という平蔵の言葉は大袈裟でも何でもなかった。まだ産まれてひと月だというのに、赤子は丸々としており、透き通るように肌が白かった。これほど可愛らしい子なら、我が子として育ててもいいかもしれない。そんなふうにお喜代が思ったとき、

「お喜代も抱いてごらん」

こんな可愛いのだから、と蕗が腕の中の赤子を差し出した。すると、お喜代の心の柔らかな部分が疼いた。

「少し風邪気味ですから。うつしたら大変ですもの」

その疼きにそそのかされるように、お喜代は蕗の手を拒んでいた。

「ったく、器量の小さいこと」

蕗は薄笑いを浮かべると、赤子の顔を覗き込み、

「こんなに可愛らしいのにねぇ」

あやすように揺らした。

器量が小さい――その一言でお喜代の内側で何かが切れる音がした。

そうだ。所詮、あたしは器量の小さい女だ。だったら、この赤子を無理に我が子として育てる必要なんかない。

お喜代の胸の中は何か清々したような感じがあった。

赤子には小雪という名がつけられたという。誰が考えたのかは知らない。妾の子のことなどどうでもよかった。

不思議なことに赤子がこの家に来てから一年後にお喜代は身ごもった。安房屋の跡継ぎを産まなくては、という重圧から解き放たれ、自らを「器量の小さい女」と認めて心が軽くなったがゆえに子を授かったのだろう。

だとしたら、お喜代の何かを切ってくれた姑のお蔭と言えるのかもしれない。

だが、その姑はお喜代が身ごもると同時に寝つき、赤子が生まれる前に鬼籍に入った。

生まれた子は男子だった。

いい気味だ。

妾のお千代が死んだときに、心の中で叫んだ言葉を今度は姑にぶつけてやった。

妾の子なんかを可愛がるから、待望の跡継ぎに会えなかったのだ。

あたしには、この子が、一朗太がいる。小雪のことなぞ、心底からどうでもよくなった。

ところが、そう思えたのも、小雪が九つくらいまでのことだった。

玉のような赤子は、そのまま玉のような美しい娘に育った。だが、それが気に入らなかったのではない。小雪があたしのいっとう大事にしているものに手を出したからだ。

お姉ちゃん、待ってよ。いっちゃんも行く。

ねえ、おっかさん。お姉ちゃんはまだ帰らないの。

いやだ。お姉ちゃんと一緒にご飯を食べる。

駄目だと言っても、一朗太は自ら姉についていった。

「いっちゃん。お姉ちゃんとあまり仲良くしてはいけないよ」

部屋に呼んでお喜代がそう諭すと、

「どうして？　どうしていけないの。お姉ちゃんなのに」

一朗太は赤い唇を尖らせた。その不満顔を見ると何としてもこの子を小雪に近寄らせたくないと思った。

「お姉ちゃんだからよ。お姉ちゃんだから仲良くしてはいけないの」

「なんだい。おっかさんの馬鹿！」

一朗太は涙を浮かべ、お喜代の部屋を飛び出していった。

あの娘は一朗太をたぶらかしている。やはり淫蕩女《いんとうおんな》の血を受けているのだ。

何とかしなければ、と思ったとき、お喜代の中でまた何かがぶつりと切れる音がした。

それから数日の後、一朗太が外に遊びに行ったのを見届けると、

「小雪。ちょっと話があるの」

自室で本を読む小雪に声をかけた。

「はい、おっかさん」

小雪はにっこりと笑って返事をした。そのお行儀のよさが鼻についた。どこの馬の骨ともわからぬ女の子どもなのに、大店の娘を気取っているのが許せなかった。

「手習所の先生から色々と聞いているからね」

声に厳しさをまとわせると、それまでにこやかだった小雪の面持ちが少し張り

詰めた。

聞いているのはよい話ばかりだった。

まだ九つだというのに、美しい文字を書きます。

まだ九つだというのに、難しい本を読みます。

そうだ。この娘は九つのくせに、小さい子の面倒を率先して見ています。

「何を聞いているんですか」

小雪がこわごわといった態で訊く。そんな顔をするとなお健気で愛らしく映る。この顔に一朗太が騙されているのだと思えば、それがまた腹に立った。

「何をだって？　自らの胸に手を当てて考えてごらん」

声が激しないように気をつけた。怒鳴り声を聞きつければ、おりくがやってくるかもしれないからだ。たかが女中のくせに、この子どもの母親面をしているのが気に入らなかった。

小雪は本当に自らの胸に手を当て、じっと思案している。長い睫が陰を作った俯き顔は大人びていて、とても九つの少女とは思えない。それを見てお喜代ははっとした。

もしかしたら――この娘には実母の霊が、夫をたぶらかしたお千代の霊が憑いているのではないか。

まだ九つなのに――そんな枕詞をつけたがる手習所の師匠も、お姉ちゃん、お姉ちゃんと慕う一朗太も、みな騙されているのだ。この女の正体を知らずに。

「あんたには悪いものが憑いているようだね」

お喜代は立ち上がっていた。

「悪いもの？」

大きな目が見開かれる。

おっかさんたら、何を馬鹿なことを言っているの。悪いものなんか、憑いているはずがないじゃない。

小さな唇が、そう動いたように思えた。その途端、お喜代の中でまたぶつりと何かが切れる音がした。

この娘にはやはり悪いものが憑いている。そうでなければ、たった九歳で匂い立つような色香を醸しているはずがない。血のつながった弟をたぶらかそうなどと考えるはずがない。そもそも「まだ九つなのに」本ばかり読んでいるのもおかしい、

「本当にいやらしい」

お喜代は立ち上がると、書架の本を手当たり次第に引き抜いて叩きつけた。

「こんなものばかり読んでいるから、いやらしい目になるんだ」

こんなもの、こんなもの、と言いながらお喜代は手にした本をびりびりと引き裂いた。

「おっかさん、やめて」

やめてください、と小雪に袂を摑まれ、我に返った。涙で濡れた目はぞっとするほど艶かしかった。その目におののき、お喜代は逃げるようにして娘の部屋を出ていた。

それから半年ほど後のことだろうか。ある日、小雪が庭の一隅に立っていた。何だかいつもと様子が違うのが気になり、お喜代は縁先に立って声をかけた。

「小雪、そんなところで何をしておいでだい」

こちらを振り向いたその面持ちを見て、お喜代は息を呑んだ。

今まで以上に小雪の顔は大人びて見えた。いや、単に大人びているのではない。小雪とはまるで別人に思えた。

「あんたは、誰だえ」

お喜代は思わず訊いていた。

「おっかさま。何を言わはるの。お千代の顔をお忘れどすか」

背中に濡れた着物を羽織らされたようにぞくりとした。

ああ、やはりあたしは間違っていなかったのだ。この娘はお千代だ。憎き妾だ。死んでもなおあたしを苦しめようとして、娘の身に憑いたのだ。

何とかして、娘の中の薄汚い亡魂を追い出さねばならない。それが小雪のためになるのだ。

「おっかさんがあなたを救ってやるから」

お喜代は裸足のまま庭に降り、

「こっちへいらっしゃい」

と娘の腕をしかと摑んでいた。

「おっかさま。何をなさるの」

ぬめりを持った女の声がうなじにはりつく。総身が毛羽立つのをこらえながら、お喜代は娘の手を引き、自室に戻った。

恐ろしかった。この娘が。娘の中にいる得体の知れぬものが。

ただただ厭《いと》わしく恐ろしかった。

「この悪霊め。出て行け。出て行け」

すべては、あなたのためなのだから。

おっかさんがあなたを救ってやるから。

お喜代は、うわごとのように繰り返すと、夢中で胡弓の弓を振り下ろしていた――


太息を吐くと、おけいは筆を置いた。

頭の芯が痺れたように疼いている。こめかみを押さえながら、墨の色がまだ鮮やかな原稿を見下ろし、もう一度深々と息を吐く。

おりくの妹、番頭の平蔵、そして、小雪の話から推察して書いた〈お喜代の目〉だった。

どんな事情があったとしても、幼い娘を胡弓の弓で折檻するなんて許されることではない。だが、我が身をお喜代に置き換えれば、十年も子ができぬ肩身の狭さ、夫に省みられない寂しさが、ひしひしと胸に押し寄せてくる。

昨夜も遅くまで書いていたのだが、頭の中では紡ぎだした物語がぐるぐる巡り、今日も早朝から起きて筆を動かしていた。

気づけば縁先には濃くなった陽が長い足を伸ばしている。筆が一段落したせいか、不意に眠気が萌し、おけいは畳の上に仰向けになった。

弱い風が座敷へと吹き込んでくる。庭木が揺れる音がする。

さやさやさやさやさや――乾いた風はやがて湿り気を帯び、おけいの頰を冷たくなぶる。泥と潮のにおいを含んだ風だ。見渡すと辺りには白い靄《もや》が立っていた。

――ああ、来たよ。

どこかから見知らぬ誰かの声がした。何が来たのだ、とおけいは乳白色の靄の向こうにあるものに目を凝らした。

やがて、手を縄で縛られた一人の男がぼんやりと浮かび上がった。彼が歩いていくのは船着場らしく、一艘《そう》の小さな船があった。ああ、流人か。罪を犯して島に流されるのだ。だが、あの立ち姿、どこかで見たことがある――おけいが思ったときだ。男がつと振り返った。男は若く整った顔をしていた。流人なのに上物の紬を身につけ、きっちりと髷を結っている。

おけいが怪訝に思っていると、桟橋にほっそりした人影がゆっくりと近寄るのが見えた。花嫁衣裳のようなましろな羽二重の着物にやはり白い綴《つづ》れ帯を締めている。

あれは――考える間もなくおけいは桟橋に向かって走り出していた。

「小雪さん――」

背後から声を掛けると、その人はすぐさま振り向いた。

その面差しにおけいは息を呑んだ。雪肌はさらに白く、血道が透けて見えた。青みを増した薄い肌の上で唇だけが血のように赤い。

その唇がゆっくりと動く。

「うちは、小雪やあらへん。お千代や」

「お千代って誰なの。あなたのおっかさまなの？　それとも八十年前に上方で生きていたお千代なの？　ねえ、あなたは――」

そこで風がびゅうと鳴った。

誰なの。あなたはいったい誰なの。

おけいの声は風にさらわれて空へと高く昇っていく。

「あたしは――」

そこで小雪は口を噤《つぐ》んだ。胸に手を当ててしばらく俯いていたが、

「やっぱり、お千代や」

そう言って顔を上げるとにっこり笑った。ぞくりとするほど美しかった。おけいが一瞬見惚れた隙に、小雪は駆け出していた。その勢いのまま桟橋の突端に立

つ男に飛ぶようにして抱きついた。

男を抱きしめる小雪の手首には赤い紐が巻きつけられている。幾重にも巻かれた紐は細い蛇のようにするすると動き、男の手首にもあっという間に絡みついた。

二人は真っ赤な紐に縛られたまま船と反対のほうへと倒れ込んでいく。

潮を孕《はら》んだ冷たい風に抱かれるように。

そこだけ刻の経つのが遅くなったかのように。

ゆっくりとゆっくりと水面に倒れていく——

——姉ちゃん。

幸太郎の呼ぶ声がした。

助けて。早く、二人を助けて。

「姉ちゃん！」

闇の中から強い力で引き戻されるような感じがあった。

行灯の火影に弟の白い顔がぼんやりと浮かんで見えた。

「嫌な夢を見たんだね」

幸太郎が真面目な口調で訊いた。

こくりと頷くと涙がこぼれ落ちた。

「姉弟が心中する夢かい」

図星を指され、息が止まりそうになった。

「どうしてわかったの？」

「二人を助けて、って言ってたから。それに、おれも妙に胸がざわざわしてる」

今日は庚申待《こうしんまち》だ、と弟は端整な顔を歪めた。

庚申待。庚申《かのえさる》の夜に眠ると、人の身の内に棲む三尸《さんし》という虫がその罪悪を天の神に告げる。神は罰としてその人の寿命を縮めてしまうのだ。だから、人々はその夜は寝ないで一晩中起きている。

そして、八十年前の世を生きていたお千代と半兵衛は、この世で添い遂げられぬ、と知り、庚申の夜に命を絶ったのだ。

もしも小雪がお千代の生まれ変わりだとしたら――

二人の手首にぐるぐると巻きついた赤い紐がくっきりと眼裏に蘇った。朦朧《もうろう》とした頭に芯が戻る。

「幸太郎、行くよっ！」

おけいは立ち上がっていた。

おけいの夢も、幸太郎の胸のざわざわも気のせいだったらそれでいい。ごめんなさい、と姉弟に詫びればいい。

でも、死んでしまったらどうしようもない。何が真実だったのか、永遠にわからぬままあの家にこびりついた闇だけが残るのだ。

闇は何も語らない。ただ震えるだけだ。

真実を語れるのは生きた人間、小雪と一朗太しかいない。

そして、真実を語らねば、あの深い闇はきっと消えることがない。

表に出ると、七日の月が藍色の中空に頼りなげに浮かんでいた。透き通るような青白い弓張月《ゆみはりづき》は小雪のすんなりした首を思わせ、背中がぞくりとする。

姉ちゃん、早く、と怒鳴る幸太郎の後をおけいは追いかけた。

「伝三郎さんも一緒のほうがいいと思うんだ」

幸太郎が振り返りながら言う。

「どうして？」

「そのほうが安房屋に入りやすい。おれたちだけじゃ、門前払いされるかもしれない」

言うなり、もう裏道へ入り胡桃屋へと向かっている。

庚申の夜とあって芝居町はいつにも増して明るい。芝居茶屋の二階窓からはどこか物悲しい三味の音がしゃらしゃらとこぼれ落ちてくる。

と、軒提灯の明かりが揺らめく路地の向こうから、小柄だがたくましい男が歩いてくるのが見えた。あ、と思う間もなく、

「おい、姉弟！」

がらがら声が仄明るい闇から飛び出してきた。

「ああ、伝さん。ちょうどよかった――」

幸太郎の言を「わかってるさ」と伝三郎は手で制すと、

「安房屋へ行くんだろう」

と、にやりと笑った。

驚いた。何でわかったんだろう。

「おれを誰だと思ってるんだ。今日は庚申待だ。おめぇらが考えることなんざ、とうに考えてるさ」

さっさと行くぞ、と伝三郎は先に立って歩き出し、言葉を継いだ。

「小雪に憑いているのは実母じゃなく、八十年前の世を生きていたお千代かもしれないんだろう。生まれ変わりなのか、亡魂《なきたま》が取り付いているのか、おれにはよくわからねぇけどな。小雪がそのお千代にどれだけ抗《あらが》えるかはわからねぇし、弟

と本当に恋仲なのかもわからねぇ」

だが、今日が庚申待かと思ったら胸がざわざわして仕方がなかったという。で、安房屋へ様子を見に行く途上、おけいと幸太郎とに出くわしたというわけだ。

その話を聞いて、おけいは伝三郎をまた見直した。お奈津の言う通り、岡っ引きとしては切れ者なのだ。

ともあれ、夜分にあたしと幸太郎とで訪ねるよりはいいだろう、とおけいはこの間まで宿敵だと思っていた男の背中を追いかけた。

「おれが気になってるのはな」江戸橋に差し掛かったところで伝三郎は口を開いた。「上方のお千代は死ぬときに身ごもってたってことだ」

「そうなの？」

おけいの声は裏返った。子を孕《はら》んだまま心中したなんて。何ということだろう。

「ああ、芝居ではそうなってるな。たぶん実際もそうだったんだろう」

お千代はこれが三度目の婚姻だったんだ、と伝三郎は言う。

一度目は夫の破産で生き別れ、二度目は死別。そんなお千代を、半兵衛の義母である姑は嫌い、半兵衛の留守中に勝手に離縁してしまった。そして、二人は死への道行へと向かう。

だが、お千代の胸には生への執着があったはずだ。何と言っても腹の中に我が子がいたのだから。それでも夫に逆らわず、腹の子を供養した後、心中を受け入れたという。

「お千代は我が子よりも夫を取ったんだ。この世で一緒になれぬなら、来世で一緒になりたい。それほどまでに強い念だ。でも、来世で出会った男が血を分けた弟なら、今度もお千代の願いは叶わない。だとすれば、お千代はまた同じように考えるはずだ」

来世でこそ一緒になろう、と。

胸のざわざわを言葉で整理されると、改めて背筋を冷たいものが這い上った。

だがな、と伝三郎が声を強める。

「お千代は八十年以上前に死んだ人間だ。だが、小雪はどうなる？　あの娘がこの世に生を受けた意味はどうなる？　あの娘は今を生きているんだ。生まれ変わりだか何だか知らねぇが」

過去の亡霊になんざ振り回されてたまるか、と怒気を孕んだ口調で吐き捨てると、足をいっそう速めた。

伝三郎の言う通りだ。

小雪は今を生きている。そして、将来を生きていく。

救うべきはお千代ではない。小雪だ。

今、自分が何をしようとしているのか、これから何をすべきなのかが、伝三郎のお蔭で胸にすっきりと落ちた。

庚申の夜の江戸橋は大勢の人が行き交っている。人波をかき分けながら、おけいは駆ける。小柄だが逞しい男に遅れぬよう、足を速める。庚申の月も静かに後をついてくる。


二日ぶりの大伝馬町は木挽町と同じく煌々《こうこう》と明るかった。

亥《い》の刻《こく》間近だというのに、未だ暖簾を出している店もあり、酔客たちが往来を大声で喋りながら歩いていた。だが、安房屋だけはひっそりと闇に沈んでいる。

伝三郎が表戸を強く叩くと、ややあって手燭を持った手代が顔を出した。その背後には、色白でふっくらとした面立ちの女中が強張った面持ちで立っている。以前、膳を出してくれた優しそうな女中だ。

「ああ、親分さん――」

伝三郎の顔を見て、手代の背筋がぴんと伸びた。

「急ぎの用だ。母屋へ案内してくれ」

有無を言わさぬ伝三郎の言に頷くと、どうぞ、と手代はやや怯えた面持ちで奥を指し示した。女中に近づくと、伝三郎はぼそぼそと何かを言い含めた。

女中はいっそう張り詰めた表情になったが、頼むぞ、と伝三郎に念を押され、ぎこちなく先に立って歩き出した。

先を行く手燭を頼りに、おけいたち三人はコの字型の廊下を進む。美しい庭は草も木もむっつりと押し黙り、二日前に訪れた際には華奢な身を揺らしていた萩の花は、闇に赤紫の色をにじませていた。

最奥の座敷から洩れる灯りが廊下をぼうっと照らしている。伝三郎が目で促すと、女中は廊下に腰を下ろして障子をほとほとと叩いた。

「夜分に相すみません。旦那様にお客人です」

「こんな夜更けに誰だい。明日にしてもらってくれ」

一朗太の声がしたことにおけいはほっとした。次を、と伝三郎が目で促す。

「ですが、今日は庚申の夜。お千代と半兵衛の話をお聞きしたいと申しております」

障子の向こうで何かが動く気配がした。

「入るぞ！」

伝三郎が叫び、障子をがらりと開けた。

部屋の中ほどでは白い帷子《かたびら》に身を包んだ姉弟が突っ伏して、身を震わせている。その横には——甘酒の入った湯飲みがふたつ。中身はどちらもたっぷり残っている。

よかった。間に合ったのだ。

おけいが大きく息を吐き出したとき、一朗太がきっぱりと顔を上げた。涙の浮かんだ目で伝三郎を見据えると、たった今水から上がったかのような青ざめた面持ちで声を絞り出した。

「両親を殺めたのは——私です。平蔵は私の身代わりになってくれただけでございます。どうか、この私をお縄にしてくださいまし」

二

〈一朗太の目〉

姉と自分とが腹違いの姉弟だと知ったのは、一朗太が手習所に行き始めてから間もなくのことだ。一朗太が七歳、姉が九歳のときだった。そんな話をいったいどこから仕入れてくるのか、習い子の一人が姉をからかっていたのである。

「姉ちゃん。姉ちゃんとおいらはおっかさんが違うのかい」

家に帰る道すがら、一朗太が姉に訊ねると、

「そうみたいね。でも、おっかさんが違っても、いっちゃんはあたしの弟。あたしはいっちゃんが大好きだからね」

姉はそんなふうに言って、一朗太の手をぎゅっと握り締めた。

そうか、と子供心に腑に落ちたのは、母の姉への態度が冷たかったからだ。いや、冷たいどころか、母は姉をいないものとして扱っていた。その場にいても姉の顔を見ようとしないし話しかけることもない。そのくせ、一朗太には飴《あめ》細工のようなべたべたした声でその日あったことなどを訊ねてくるのだった。

血が繋がっていなくても、おっかさんは姉ちゃんのおっかさんなのに。

そう感じながらも不満を母の前で口にすることはできず、子どもなりに悶々《もんもん》としていた。

そんなある日のことだ。近所の手習所仲間の家から帰ってくると、母の部屋から怒鳴るような泣くような声が聞こえてきた。

恐る恐る近づいてみると、

「この悪霊め。出て行け。出て行け」

冴え冴えと白い障子の向こうから、洩れてきたのはそんな言葉だった。

悪霊ってなんのことだろう。障子は固く閉められているから勝手に開けるのは憚《はばか》られる。でも、おっかさんに何かあったら。

逡巡の末、一寸ほど障子を開けた。その途端、一朗太はあっと息を呑んだ。

広い座敷の隅では母が鬼の形相《ぎょうそう》で姉を叩いていたのだ。しかも胡弓の弓で。

姉は真っ白な顔で歯を食い縛り、振り下ろされる胡弓の痛みをじっと耐えていた。何が起こっているのか、一朗太には皆目わからず、ただただ恐ろしくてその場を逃げ出すようにして去っていた。

息せき切って厨に駆け込むと、

「坊ちゃん、どうしたんですか。お顔が真っ白ですよ」

女中のおりくが近づいてきて顔を覗き込んだ。

今見たものを言おうか――一瞬よぎったその考えを一朗太は押し込めた。

「おなかが空いちゃったんだ。文《ぶん》ちゃんの家でおやつが出なかったから」

無邪気な子どもを装い、腹を押さえてみせると、おりくはくしゃりと笑い、

「じゃあ、夕餉の前ですけど、おむすびでもこさえて差し上げましょう」

冷や飯を大きな手で握り、表面に味噌を塗ってくれた。本当は胸が苦しくて、少しも食べたくはなかったが、一朗太はそれを無理して口に押し込んだ。

あれはおっかさんじゃない。鬼だ。おっかさんの中の鬼が姉ちゃんを叩いているんだ。

だが、幼い自分に何ができるはずもなく、口の中の飯粒をぐっと飲み込んだ。

その拍子に、一つの疑念が胸に萌した。

おっかさんは、姉ちゃんを叩きながら「悪霊め」と言っていた。ってことは、姉ちゃんの中には「悪霊」がいるんだろうか。おっかさんは「悪霊」を恐ろしがって叩いているんだろうか。もしそうだとしたら――

そうだ。姉ちゃんの「悪霊」を追い出せばいいのだ。そうすれば、おっかさんだって姉ちゃんを叩くことをやめるだろう。

以来、一朗太は「悪霊」の正体を探るべく姉の部屋に足繁く通うようになった。

だが、一朗太に本の話をする姉は、菩《ぼ》薩《さつ》さまのように優しくて、「悪霊」が中にいるとはとても思えなかった。

そうこうしているうちに一朗太は「悪霊」のことなど忘れ、いつしか十二歳になった姉は手習所を下山していた。

それまで一緒に手習所に通っていた姉がいなくなると俄かに寂しくなり、一朗太は帰宅すると母の目を盗んで姉の部屋を頻繁に訪れるようになった。その頃には習い子たちと遊ぶより、姉と一緒に本を読んだり、本の感想を交わし合ったりするほうが楽しかったのだ。

ある日、部屋で一緒に本を読んでいると、姉がふと顔を上げた。妙な気配に一朗太も視線を上げると、

「あんたは誰だえ」

姉が唐突に訊いた。最初はふざけているのかと思った。今読んでいる本の中のせりふを言ったのだろうと。

姉の読んでいるのは、昨年出たばかりの『忠臣水滸伝《ちゆうしんすいこでん》』という読本だった。山《さん》東京伝《とうきようでん》という戯作者の本で、唐国《からくに》のお話を下敷きにしているのよ、と少し前に姉が言っていたのを憶えている。

「姉ちゃん、何を言ってるんだい」

笑おうとして唇が引きつったのは、姉の顔がいつもとまるきり違うことに気づいたからだ。顔かたちは確かに姉のものなのに、まったく違う人に見える。まる

で十も二十も歳を取ってしまったようだ。一朗太が何と返してよいか、逡巡していると、

「わかった。近所の童《わらべ》やね。名は何というの」

姉は優しい声で訊いた。

「――一朗太、です」

恐る恐る答えると、

「ほな、いっちゃんやね」

姉はにっこり笑った。その笑みは優しかったけれど、やはり姉のものとは思えなかった。それで思い出した。母の言う「悪霊」とはこのことかと。だが、一朗太には目の前に現れたものが悪いものには思えなかった。だから一朗太も名を訊いた。

「うちは、千代。千に代わると書くんよ」

「いい名だね」

一朗太が褒めると、姉は、いや、お千代さんは、

「いっちゃんは、優しいんやね」

何だか泣きそうな面持ちで頭を撫でてくれた。

それからひと月に一度ほど、お千代さんは一朗太の前に現れた。その多くは姉の部屋で本を読んでいるときだったが、それは決して不快ではなく、むしろ一朗太には心地よいものだった。

そんな折、屋敷に一匹の子猫が迷い込んだ。白と黒のぶちだったので、姉と一緒に「ぶち」と名付け、可愛がった。

ところが、ある日、一朗太が手習所から戻ると、ぶちが庭の池の傍で死んでいた。長い傷跡の残った死骸を見て、一朗太はすぐにぴんと来た。

これは胡弓の弓だと。

一朗太はすぐに母親のところへ駆けつけた。

「おっかさん。どうしてぶちを叩いたの。あんな小さいのに、叩いたら死んでしまうってわかるじゃないか」

「一朗太。あの猫には悪霊が憑いているの。だって、おっかさんの部屋にしょっちゅう鼠を置いていくんだもの。あんたが可愛がっているのは知ってたけど、仕方なかったの。おっかさんが悪霊に取り殺されたら困るでしょう」

ねえ、いっちゃん、と母は一朗太を抱きしめた。

刹那《せつな》。何年か前に見た光景が蘇った。

——この悪霊め。出て行け。出て行け。

鬼の形相が。次いで、歯を食い縛って折檻に耐える、姉の白い顔が。くっきりと眼裏に蘇った。

悪霊はおっかさんの中にいる。おっかさんに憑いている。

このままじゃ、おいらも悪霊に心を搦《から》め取られてしまう。

「放せっ！」

一朗太は母を突き飛ばし、部屋を飛び出していた。

その一年後、一朗太は父の知り合いの油問屋に奉公に出ることになった。それ自体は驚くことでもなかった。父の下で商いを学ぶのではどうしても甘くなってしまう。だから大店の息子はいったん外に放り出されることが多いのは知っていた。だが、どうして上総まで行かねばならぬのか。最初は同じ江戸の油問屋仲間に世話になると聞いていたのに。

これは母の策謀ではないかと一朗太は思った。母が父を丸め込んだのだ。思い切って遠くにやったらどうですか、と。姉から一朗太を引き剝がすために。

一朗太は上総に発つ前の晩、思い切って父の部屋を訪れた。

「おとっつぁん。おっかさんが姉さんを折檻しているのを止めてください」

「折檻? 何のことだい」

父は読んでいる書から目を上げもせずに言った。ああ、多忙だから父は知らなかったのか。

「ずいぶん前からおっかさんは姉さんを折檻しているんです」

「ああ、おまえも惑わされているんだね」

惑わされている？　何だ、それは。

「小雪は頭の中であれこれとありもしない話を作っているようだね。お喜代の折檻も思い込みだろう。どうも本の読みすぎのようだ。まあ、そのうちに目が覚めるだろう」

父はまだ書から目を離さない。

「違います。おっかさんは本当に姉さんを――」

「一朗太」

ぴしりと言い、父がようやく書から顔を上げた。その目は見たこともないほど冷ややかだった。

「小雪はいずれ嫁に行く。そうすればすべてが片付く。そんなことより、おまえにはやるべきことがあるだろう」

そう言って、二度と顔を上げようとはしなかった。

すべてが片付く——つまり、父はすべてを知っているのだ。すべてを知った上で見て見ぬふりをしている。

だが、そうとわかっても、高々十三歳の子どもに何かができるはずもなかった。

一朗太は後ろ髪を引かれる思いで上総へ向かったのだった。

江戸を離れ、目にする風景が変われば、一朗太にも様々なことが見えるようになった。

父は商いが上手い。菜種を作る百姓やそれを仕入れる油問屋が父を賞賛する声がたびたび耳に入ってきた。だが、表の顔を知れば知るほど、あの日の冷たい表情がありありと思い浮かぶようになった。

どれほど商いができても、父を尊敬することはできなかった。母が姉を折檻しているのを気づいていながら目を背けたのだから。それに——父は上総で女を囲っているようだった。それもまた、江戸の家から逃げているように思え、一朗太は父をますます軽蔑するようになった。母は鬼だ。だが、ひどいのは母だけではない。父もだ。父も母と同じく鬼であることに変わりはない。

姉は鬼棲む家に独りで取り残されている。早く帰らねば。帰って姉をあの家から救わねばならない。

　五年後。

　久方ぶりに大伝馬町の家に戻り、姉に再会した一朗太は息を呑んだ。

　二十歳になった姉はこの世のものとは思えぬほど美しくなっていた。一朗太が言葉を失っていると、

「いっちゃん、大きくなったわねぇ」

　会えて嬉しい、と姉は綺麗な目をたわめ、一朗太の手を取った。

　その面持ちと仕草に一朗太はほっとした。それは確かに姉の小雪だったからだ。だが、姉の中にいる〝お千代〟はどうなったのだろう。それから気をつけて姉を見ていたけれど、本を読んだりお針をしたり、また時折、買物に出かけたり、とお千代の気配をつゆほども見せることはなかった。

　あれはきっと母の折檻で追い詰められた末に、心の病になったのだろう。大人になった今はその病も癒《い》えたのだ。

　そう自らを納得させようとしたが、ひとつだけ引っ掛かることがあった。少年の日々を紐解くと、姉が〝お千代〟になったときに必ず出てくる名があった。「半兵衛」だ。半兵衛とはいったい誰なのか。

そんな疑問がある日、突然解けた。芝居好きの客の相手をしているとき、近松門左衛門の『心中宵庚申』という本があることを知ったのだ。享保の時代に大坂の竹本座で浄瑠璃として初演されたそうだが、その直後にお上が「心中物」を禁じたので他の作品ほどには知られていないそうだ。その物語の中で心中する夫婦がお千代と半兵衛だ。

実際にあった事件だったという。ひょっとすると姉はお千代の生まれ変わりなのではあるまいか——いや、幾らなんでもそんな馬鹿げたことがあるはずがない。

そんなことを考えていた矢先のことだ。

姉に縁談が持ち込まれた。安房屋は内福な家だし、姉は相当な器量よしだったから、十六、七歳の頃にはそれこそ降るように良縁があったそうだ。だが母がすべて断ったらしい。ところが、今度はその母が乗り気だったのである。

何でも、先方の男は四十歳で先妻との間に大きな子どもが二人いるという。料理屋を何軒も持っているので、油問屋の安房屋にとっては上得意客だ。だが、店に現れた男は、一朗太の目から見てもひどかった。見た目や年齢ではない。深川に店が何軒もあるとか、柳橋の芸者はみなうちの息がかかっているとか、鼻を膨らませて自慢話をする男の傍で姉が幸福になれるとは到底、思えなかった。しかも、金に飽《あ》かせて男は妾を二人も囲っているという噂も聞こえてきた。

苦労した分、姉には幸福になって欲しかった。金持ちでなくても、誠実で優しい男の許に嫁いで欲しかった。

「おっかさん。あの男は駄目だよ、姉さんが可哀相だ」

一朗太は母に進言したが、まるで聞く耳を持たなかった。あんな家に嫁げるのだから小雪は果報者だ。一生暮らしには困らない。それこそ鬼の首でも取ったかのように言い放つ顔を見ながら、その真っ黒な腹の中が透けて見えるようだった。

母は姉を不幸にしたいだけなのだ。だから、良縁と思える話はすべて断り、汚い四十男の許に嫁がせるのだ。

姉はこの縁談に難色を示したが、母は勝手に話を進め、ついには来春に祝言を挙げるというところまで決まってしまったのである。

母にその旨を言い渡された日、姉が一朗太の部屋を訪ねてくると、

「いっちゃん。あたし、お嫁に行くことになったの。いっちゃんのお蔭で楽しかった。今までありがとう」

そう言って畳に手をついて辞儀をした。

その肩が震えているのを見て、一朗太は切なくなった。これまでの姉の人生は

何だったのだろう。幼いときから母に虐《しいた》げられ、幸せになれる機会があったかもしれないのに、それを奪われ、逆に不幸になるとわかっている道を無理に歩かされようとしている。妾腹だということが、それほどまでに悪いことなのか。悪いのは、姉をこの家に入れた父ではないのか。それを表面では受け入れておきながら、裏で執拗に痛めつけていた母ではないのか。

いや、悪いのは己もだ。両親に何の意見も言えなかった幼い己だ。振り上げたくても振り上げられなかった拳を一朗太が固く握り締めていると、廊下を打つ足音がした。障子が乱暴に開けられる。

仄暗い闇の中に白くそそけ立ったような顔が浮かび上がった。

ああ、鬼だ。やっぱりこの女は鬼だった。

「この性悪女め。本当に懲りないねぇ。またぞろ、一朗太をたぶらかそうってのかえ」

鬼が憎しみのこもった目で言い放った――その瞬間、涙で濡れた姉の顔つきがさっと変わった。

「おっかさま」

姉が母ににじり寄った。もうその声は姉のものではなかった。どこか遠くから

聞こえてくるような、薄い皮膜をまとったようなぞくぞくするほど艶かしい声だった、

母が幽霊でも見るような目で姉を見、後じさる。

「おっかさま。何でもいたしますから、うちをこの家に置いてくださいまし。この縁談だけは堪忍して」

姉はさめざめと泣き始めた。それを見た母は部屋を飛び出したかと思うと、すぐに戻ってきた。

「いっちゃん、そこをおどき」

怒りで震える母の右手には胡弓の弓が握られていた。それを見た途端、

――この悪霊め。出て行け。出て行け。

幼い頃に見た、不快な情景が頭の中に立ち上った。

姉がお千代の生まれ変わりかどうかなど、もうどうでもいい。姉はずっとこの鬼に虐げられてきたのだ。おれはもう幼い〝いっちゃん〟ではない。

一朗太は立ち上がり、母の手から胡弓の弓を奪い取った。

「いっちゃん、何をするの」

母の白い顔に暗い怯えの色が走った。

それから先は憶えていない。

気づいたときには、母は動かなくなっていた。その足元で姉は、いや、お千代は静かに泣き続けていた。

三

「母屋のいっとう奥は夫婦の寝間じゃないそうだぜ」

陽の当たる明るい縁先に座りながら伝三郎が言った。

「主人の部屋だろう。何だか殺風景だった」

伝三郎の横に茶を置きながら、初めてあの座敷に入った日のことをおけいは思い出していた。文机と用箪笥と書見台。夫婦の寝間の割には女のにおいが微塵《みじん》も感じられなかった。ともかく、あの部屋で一朗太は両親を手にかけたのだ。

部屋にあった自らの寝間着の帯で母の首を絞めたのだと思うが、その辺りはよく憶えていないと、一朗太は言ったそうだ。気づいたときには、母がその場にぐったりと倒れていた。とりあえず泣き続ける姉を落ち着かせ、自室に戻してから母親を一番奥の部屋の押入れに隠した。小柄で華奢な母親を担ぐのはさして苦ではなかったという。母屋と店先が離れているのも幸いした。奉公人は夜になれば滅多に母屋には来ない。「母は具合が悪くて夕餉を要らないと言っている」と一朗太は厨に行って女中に告げたそうだ。

その後、夜分に父親が戻ってきたが、風邪の引き始めかもしれないと言い、甘酒を欲しがったらしい。甘酒は父親の好物なので家にいるときには必ず用意されているそうだ。女中はまだ起きていたが、自分が持っていくからと一朗太は甘酒を受け取り、中に鼠捕りを忍ばせた。

父親はそれを飲み干して絶命した。既に夜具は敷いていた。父に押入れを開けられると困ると思ったからだ。それから、母親の亡骸を押入れから出して夜具に横たえると、すぐ傍で倒れている父の手首と母の手首とを赤い紐で結んだ。心中と見せかけるために。

苦労したのは、押入れに入っていた母の亡骸を仰向けにできなかったことだ。既に体が固まり始めていたからだ。だが、むしろ横向きのほうが互いに向き合い、心中らしく見えていいかもしれない、と思い、亡骸を無理に仰向けにするのを諦めたという。

その後、幽霊騒ぎを起こしたのは、四十男との縁談を反故《ほご》にしたかったからだ。

だが、一人では難しいので番頭の平蔵に助力を仰ぐことにした。平蔵は一朗太の頼みを引き受け、あの相手ではあまりに小雪お嬢さんが可哀相だと言い、拝み屋を手配してくれたそうだ。

ただ、小雪には本当のことを告げなかったという。近所の者と同じく、夜な夜な胡弓が鳴るのは内儀の幽霊が出たのだと思い込み、そのせいで体調を崩していたからだ。胡弓を弾いたのは一朗太で、幼い頃に母のを弾いたことがあったので音を鳴らすくらいのことはできたそうだ。母の着物を羽織って適当に弾き、その後は押入れに隠れた。甘いにおいは香をたしなんでいた母の着物から発したものだろう。

一応は筋が通っているように思えるけれど、おけいの胸はすっきりしていない。

「母親はともかく、父親を殺すことに躊躇《ためら》いはなかったのかな」

おけいの問いかけに、ふむ、と伝三郎は頷いた。

「おれもそれは怪訝に思って、半沢の旦那に訊いたんだ。すると、一朗太はこう言ったそうだ」

――母よりも父のほうが憎かったのです。母をあんなふうにしたのは父ですから。すべての不幸の始まりは父だと思っています。

確かにそうなのかもしれない。

「あの夫婦は形だけだったんだろうな、ずっと前から」

まだ花のつかない山茶花の生垣を見ながら伝三郎は茶をすすった。

ずっと前から、がいつからだったのかははっきりとはわからない。だが、おけいが推察して書いたように、妾のお千代を囲っていたときには、既に夫婦は夫婦ではなかったのだろう。子を為すだけが夫婦ではない。常に一緒にいなくても、心の端と端とが結びつき、互いにいたわり合ってこそ夫婦なのだ。祖父母を見ているとそう思う。

妾の残した赤ん坊の可愛らしさにほだされ、妻の心も考えずに安易に家に入れた市右衛門の罪はやはり重いのだろう。

だが、優しい人の里子になっていたら、小雪は今頃幸せになっていたのだろうか。それとも、どこにいても小雪の中の〝お千代〟は目覚め、魂の片割れを求めながらこの世をさまよったのだろうか。

〝お千代〟とはいったい何者だったのか、本当に八十年前を生きていた不幸な女の生まれ変わりだったのか、結局おけいにはわからないでいる。

たぶん、そこがもやもやの根本なのだ。

「戯作は出来上がったのかい」

伝三郎が庭からおけいに目を転じた。

この間まで怖いと思っていた切れ長の目が今は優しく感じられる。心の垣はずいぶんと低くなった。幸太郎がいなくても、こうして話ができるようになった。

――こっちが嫌ってるから相手にも嫌われるんだ。

幸太郎やお奈津の言った通りだ。どうしてそんな当たり前のことに気づかなかったんだろう。胸が痛かったのは、あたしばかりじゃなかった。

この人もまた痛かったのだ。

肉親同然の勘助が火傷を負ってしまったのだから。

「まだ、仕上がらない。最後の最後がちょっと」

そこで言葉を切ると、おけいは半身をひねって伝三郎に向き直った。

「一朗太さんは、やっぱり死罪になるのかな」

「どうだろう。ただ、御奉行様が酌量してくださるんじゃないかって、半沢様は言ってたな」

「御奉行様って、根岸《ねぎし》様？」

「ああ、そうだ。根岸肥前守《ひぜんのかみ》様だ」

南奉行所の根岸肥前守様は気さくなお人柄で聞こえている。無論、おけいはそんな偉いお方に会ったことはないが、御定法に囚われないご英断で江戸っ子たちの尊敬を集めているそうだ。

「おれも途中から妙だと思ったんだけどさ」

伝三郎がどこか笑い出しそうな顔になる。

「何が妙なの」

「不審なところは多々あるけど、あれは夫婦心中ってことで片がつきそうだったんだ」

だが、上役から物言いがつけられたらしい。もっと調べろと。

「で、やっぱりこれは殺しじゃないか、と怪しんでいると、番頭の平蔵が殺ったのはてめぇだと白状した。これで落着、と思ったところへ」

半沢から呼び出しがかかった。番頭は誰かを庇《かば》っているのではないか。庇うとしたら内儀と仲の悪かった小雪ではないか。だから、おけいたちを使ってもっと探れと。

「ねえ、半沢様はどうして幸太郎が幽霊が見えるって知ってるんだい」

以前に感じた疑問を投げかけた。

「さあ、どうしてだろうな」と伝三郎は顎に手を当てて首をひねった。「ただ半沢の旦那も上役から言われてたみたいでさ。もしかしたら、その上には御奉行様がいたんじゃねぇかって。半沢の旦那がこう言ってたのさ」

――まあ、上のさらに上かららしい。

半沢の上といえば支配与力か。さらにその上と言えば、御奉行様だ。

「でも、御奉行様があたしと幸太郎のことを知ってるわけがないじゃないか」

「まあそうだな。じゃあ、半沢様が、これこれこういう、おかしな姉弟がいますよ、って上役の支配与力に言ったんじゃねぇか」

くくっと笑う。

「何よ。おかしな姉弟ってのは」

おけいは拳を振り上げた。せっかく見直してやったのに、やっぱりこいつは嫌味なやつだ。

冗談だよ、と伝三郎は拳を避けるように身を反らせ、

「けど、おめぇらのお蔭で落着したのは事実だ。ありがとうよ」

笑みを仕舞い、真面目な面持ちで言った。

「あたしは何にもしてないよ。幸太郎がいたからおりくさんに会えたんだ。あた

しの目は節穴だから」

そう、節穴だ。あたしは幸太郎みたいによく見える目を持っていない。単に幽霊が見えるとか見えないとかではなく、要するに鈍いのだ。

「見えないからこそ、いいこともあるんじゃゃねぇか」

伝三郎が妙なことを呟いた。

「どういうこと？」

「見えないから、懸命に頭を働かせる。必死に人の心の中に思いを馳《は》せる。そうすりゃ、見えないものが見えるようになるかもしれない」

なぁんてな、と伝三郎はくしゃりと笑った。

見えないからこそ、いいこともある。

その言が胸奥に仕舞われたものと重なり合った。りんりんと綺麗な音色を立てた。

同じようなことを、てつじいにも言われた。

――人の心は見えぬ。おまえは、その見えぬものを見ようとしている。そして、それを言葉にしたいのだろう。

美しい音色はおけいの胸の中で響き合い、温かな力となっていく。

見えないものを見るなんて、そんなに簡単なことじゃない。懸命に、必死に見ようとしなくてはいけないんだ。

伝三郎も、九つのおけいを傷つけたことに傷ついていたに違いない。おけいがそのことに気づくのに九年も掛かったのは、伝三郎から、いや、伝三郎の心から長い間目を背けてきたからだ。見えないものを見ようとしなかったからだ。

「ありがとう、伝三郎さん」

おけいは丁寧に頭を下げた。

「なんだい。改まって。おめぇらしくもねぇ」

伝三郎は鼻の頭に思い切り皺を寄せた後、

「ま。戯作の続きができたら読ませてくれ」

残りの茶を音を立ててすすった。

秋の陽が山茶花の葉を明るく照らしている。来月はもう神無月《かんなづき》だ。山茶花の花もぽつぽつと咲き始めるだろうか。

さあ、戯作はこれから佳境に入る。

しっかり目を見開けば、見えないものが見えるかもしれない。

おけいは胸裏で独りごちると、温かい茶を口に含んだ。

四

数日後、おけいは一人で安房屋へと向かった。

向こう見ずだろうか。もしかしたら、この向こう見ずでまたもや人を傷つけてしまうのだろうか。何日か迷った末の訪問だった。表戸は閉まっているので裏口へ回った。女中が現れると思いきや、戸の向こうから顔を出したのは小雪であった。

当たり前だが頰はさらにこけ、肌は青ざめていた。

「すみません。少しだけお話を伺いたくて」

「事件は落着したんです。もうお話することはありません」

やつれた顔なのに、その声は毅然としていた。

「いいえ、落着していません。この家には――」

おけいは視線を上へとずらした。秋の空は青く澄んでいる。だが、この家の屋根には相変わらずどんよりとした雨雲のようなものが覆いかぶさっている気がした。

「この家に、何があるというんです。もう何も残ってはいません」

すべてなくなってしまったんです、と小雪が叫ぶように言ったときだった。

「小雪お嬢さん」

柔らかな声がした。薄暗い板間に立っていたのはいつも取り次いでくれる三十路前後の女中だった。

「とりあえず、そちら様のお話を伺ったらいかがでしょうか」

女中は穏やかな面持ちで言った。

「でも――」

躊躇《ためら》う小雪を目で制し、女中は下駄を突っかけて三和土へ降りた。

「おけいさん、とおっしゃいましたか。番頭さんが大番屋から牢屋敷に移る際、私、差し入れに行ったんです。そのとき、番頭さんはおっしゃっていました。あなたの書いたものを読んで心を強く揺さぶられたと。あなたの文章はおりくさんがまるでそこにいるかのような。そんなふうに思えたんだと」

そこで女中は言葉を切った。こみ上げるものをこらえるように胸に手を当てた後、小さく息を吸った。

「私は、おりくさんに大変よくしてもらったんです。奉公に上がったばかりで、右も左もわからぬ小娘に、懇切丁寧に仕事を教えてくれました。ですから、私は、あなたにお嬢さんの話を聞いていただきたいと思います」

神妙な面持ちで頭を下げた。

「おりくがそこにいるかのような――」

小雪がはっとした表情になった。束の間、何かを考えるように瞳を宙に浮かせていたが、

「わかりました。どうぞお入りください」

そう言って、唇を固く引き結んだ。


通されたのは、夫婦が亡くなっていた座敷ではなく小雪の部屋だった。本が好きだったというおりくの言葉通り、作りつけの書架にはたくさんの本が収められている。

「私はどうすればいいのでしょう」

小雪は大きな目に不安そうな色を浮かべた。

「今日、ここへ来たのは、お千代さんと話がしたかったからです」

おけいは真っ直ぐに小雪を見つめた。

小雪が目を瞠った。「お千代さん――」

「はい。お千代さんに会いたいんです。あたしと会って話をしてください」

お願いします、とおけいが告げると、黒くっきりとした瞳が僅かに揺れた。

どれくらいの間があいただろう。

小雪の顔がほわんと緩んだ。

「どうして会いたいの？」

その物言いにおけいは息を呑んだ。

まるで幼い子どものようだったからだ。表情も頼りない。小雪でもなく以前に見たお千代でもない。今目の前にいるのは小さな女の子だ。その少女はつぶらな瞳でこちらをじっと見つめている。この澄んだ瞳にごまかしは通じない。

おけいは小さく息を吸い、そっと吐いた。

あのね、と目の前の少女に合わせ、言葉使いを変える。

「お千代さんなら、色々なことを知っていると思うからだよ」

「どうして、あなたはお千代さんを知っているの？」

少女は小首を傾げた。目の前にいるのは確かに二十歳の小雪であるはずなのに、幼い子どもにしか見えなかった。この子、誰だろう――と思ったとき、頭の奥を何かにこつんと突かれた。

以前、安房屋を訪れた際、しくしく泣き出した小雪が幼い子どものように見えたのを思い出したのだ。あのとき泣いていたのはこの子だったのかもしれない。ひょっとすると、小雪の中には幼い子どもの幽霊も憑いているのだろうか。でも、焦ってはいけない。焦ったらこの子は消えて、肝心のお千代にも会えなくなってしまうかもしれない。

「あのね。あたし、お千代さんといっぺんだけ会ったことがあるんだ。そのときはゆっくり話を聞けなかったから。今日、訪ねてきたんだよ」

「ふうん」

少女は赤い唇を尖らせ、どこかつまらなそうな面持ちになった。そうか。この子も話をしたいのだ。よし、先ずはこの子からゆっくり話を聞こう。

「ねえ、お嬢ちゃん。あなたの名は?」

「あたしは小雪よ。小さな雪、と書くの」

小雪――そうか。この子は幼い頃の小雪なのか。だが、どうして幼い頃の小雪がこうして表に出てくるのだろう。混乱しつつもおけいは小雪だという少女に問いを重ねる。

「小雪ちゃんだね。歳はいくつ？」

「九つよ」

「おっかさまは？　小雪ちゃんにおっかさまはいるの？」

「おっかさま――本当のおっかさまは死んじゃったんだって。でも、おりくがおっかさまになってくれたの」

小雪は悲しそうな顔をすると胸に手を当てた。そこにはきっと数珠の入った小さな袋があるのだろう。でも、この小雪は数珠のことを知らないのだ。

「そう。おりくさんはとても好い人だね」

「お姉さんは、おりくを知っているの？」

小雪は大きな目を輝かせた。

「もちろん、知ってるよ。どっしりしてて優しくて、右目の下に泣きぼくろがあるよね。近所でも評判の親切な人で、困っている人がいたら必ず手を差し伸べる。で、小雪お嬢さん、ってあなたのことを呼ぶんだよね」

会ったことはない。でも、妹のおよしに話を聞き、筆を動かしているうちに、長年の知り合いのように思えたのだった。

「そうよ。でも、おかしいよね。おっかさまなのに、お嬢さんって呼ぶんだもの。

あたしは小雪って呼んで欲しいのに。おりくをおっかさまだと思ってるから」

――亡くなったことはもう何年も前にわかっていました。

以前会ったときの二十歳の小雪の言葉が蘇《よみがえ》った。

恐らく、この子はおりくが死んだことを知らないのだろう。それどころか、暇を出されたこともわかっていないのかもしれない。そして、たぶん、義母から受けた折檻のことも。

「ねえ、小雪ちゃん。お喜代さんのことは知ってる？」

思い切って訊いてみる。

「もちろん知ってるよ。形だけはあたしのおっかさまだから。でも、あの人はあたしのことをすごく嫌ってるの」

「そう。それは悲しいね」

「うん、悲しい。でもね。仕方がないんだって。あたしは妾の子だから。薄汚くていやらしいんだって」

小雪は今にも泣き出しそうに顔を歪め、俯いてしまった。

その様子に胸が詰まった。今すぐにこの子を抱きしめてやりたいと思った。でも、そんなことをしたら、びっくりして消えてしまうかもしれない。

だから、抱きしめる代わりに、

「そんなことないよ。小雪ちゃんはいい子だよ」

おけいは慰めの言葉をそっと差し出した。

「本当に？」

小雪がおずおずと顔を上げる。

「うん。本当だよ。おりくさんから聞いてるもの。可愛らしいし、一朗太ちゃんの面倒も見るし、手習いも手を抜かないし、おりくさんの手伝いもするんだってね。本当にいい子だよ。そんないい子は、江戸中を探してもなかなかいない」

このおけいさんが言うんだから間違いない、と手のひらで自らの胸を叩いてみせると、小雪の顔がようやく明るくなった。

「よかった」心底安心したように息を吐く。「ありがとう、おけいさん」

「ううん。本当のことだもの。おりくさんは小雪ちゃんを大好きだって言ってたよ」

「うん。あたしもおりくが大好き」

小雪は屈託なく笑った。九歳の子どもらしい明るく素直な笑顔だ。

「で、そろそろお千代さんと話をしたいんだけど、呼んでくれるかな」

遠慮がちに頼んでみると、小雪は思慮深く眉をひそめた。

「うん、呼んでもいいんだけど。でも、今はどうかな。お千代さんはあたしが悲しくなると出てくるみたいなの。どうしてそうなのか、あたしにはよくわからないんだけど」

悲しくなると出てくる——その言葉を聞いて、おけいの胸の中で何かがことりと落ちる音がした。その胸の底から浮かび上がってきたのはお奈津の言葉だった。

——あたしもね、この家からずっと逃げてきたから。

お奈津は芝居茶屋を継ぐのが嫌だったという。

——だから、やさぐれてやったんだよ。

そんな言い方もしていた。

小雪のこともあれに近いことではないか。

お奈津は芝居茶屋の跡継ぎから逃げるために〝莫連女〟に扮した。

小雪は義母の折檻から逃げるために〝お千代〟に扮した。

そうしなければ、自分の心が壊れてしまうからだ。

人はつらいことから逃げようとして、本来の自分を見失ってしまうことがあるのだ。いや、気づかぬうちに別の自分を作ってしまうことさえある。

小雪の中にいるのは実母の亡霊でもなく、八十年前の世に生きていた女でもない。

幼い小雪自身の心が作り上げたもの。いや、義母のお喜代の心が作らせたもの、とも言えるかもしれない。

この小さな小雪は、そうして作られた〝お千代〟によって大事に大事に守られた小雪なのだ。悪い言い方をすれば、無理やり封印されてしまった小雪だ。

お喜代の折檻さえなかったならば、

――あたしもおりくが大好き。

小雪はあんなふうにいつも屈託なく笑えていたのだろう。

おけいは火事で両親を喪ったけれど、祖父母に愛され、伸び伸びと暮らすことができた。木挽町の家は、両親のいないつらさを補って余りある祖父母の愛情で溢れていた。

でも、小雪を取り巻く世界には――憎しみがあった。おりく一人では食い止められないほどの強い憎しみが。

たぶん、目の前にいるのは現《うつつ》の世界で生きられなかった本来の小雪だ。でも、本当は生きたかった。折檻などなければ、現の世界で思う存分、手足を伸ばして息を吸いたかったのだ。その心残りが、この小さな小雪を生み出したのではないか。

「お千代さん」

おけいは目の前の小雪に向かって呼びかけていた。

「あなたは小雪さんを長い間、守ってきたんですね。幼い小雪さんの心が壊れないように、必死に守ってきたんですね。さぞかし、つらかったでしょう」

その姿が、はきとは見えないからこそ、心をこめて懸命に語りかけた。

お願い、出てきて。お千代さん――

「あんたは、どちらさん?」

声が変わった。あどけない少女は消えていた。そこにいるのは二十歳の小雪よりはもう少し大人びた表情の女だ。

「おけいと言います。あなたはお千代さんですね」

それに合わせておけいも口調を変えた。

「おけいさん?　初めて見る顔やけど」

本当は一度だけ会っているが、気を悪くされると困る。

「お初にお目にかかります」

おけいはにこやかに辞儀をした。

「うちに用があるんやって？」

お千代はすんなりとした首を傾げた。それは、先ほどの小雪と同じ仕草なのにまるで違う。九歳の小雪でもなく、二十歳の小雪でもない。紛れもなく、目の前にいるのは〝お千代〟だった。

「はい、ずっとお話をしたいと思っていました。あなたがどれだけ苦しんでいたか、どれほどつらかったか。あたしには聞くことしかできませんけど。でも、それであなたと小雪さんが少しでも楽になるのなら」

ぜひ聞かせてください、と一語一語、丁寧に言葉を紡いだ。

お千代はしばらくおけいを見つめていたが、小さく息を吐いた。

「どうしてこうなったんか、うちにもようわからへんの。わかってるのは、小さな小雪を守らなあかん。そんな思いがここにあるだけ」

そう言って、お千代は胸の辺りをそっと手で押さえた。

「小さな小雪さんを守りたいと思ったのは、どうしてですか」

「うちはお腹の子を死なせてしまったんや。そやから、その子の分まで小雪を守りたかった。小さいのによう辛抱してたんやもの」

ほんに可哀相やった、とお千代は悲しげに眉を寄せた。

そこにいるのに。懸命に話しかけているのに。義母に返事もしてもらえなかった。

ようやく口を開いたと思えば、ひどい言葉を投げつけられた。

いやらしい。泥棒猫。

そんなふうに卑しまれた。

その原因が実母のお千代にあると知った小雪はひどく悲しんだという。

あたしを産んだ実のおっかさまは泥棒猫。だから、あたしも泥棒猫なんだ。

そんなふうに自分をたびたび責めていたそうだ。

だが、言葉で傷つけられるだけでは終わらなかった。大好きな本まで破かれた。息のできる唯一の場所を踏みにじられた。汚れのない世界を「いやらしい」と貶《おとし》められた。

そのうちに、胡弓の弓でも叩かれるようになった。この悪霊め、出て行け、出て行け、と罵られながら、何遍も何遍も打ち据えられた。

本当に痛かった。弓の打ち下ろされる背中も痛かったけれど、もっともっと痛いのは心だった。

この折檻はあたしがいやらしいから与えられるのだ。あたしが泥棒猫だから施されるのだ。

そう思えば、心が痛くて痛くて粉々になりそうだった。何より、自分の中には汚らしい悪霊が、実母のお千代の亡霊がいると思えば苦しくて苦しくてたまらなかった。

実母のお千代なんか、消えてしまえばいいと思った。

「そうだったんですね」

おけいはようよう言葉を絞り出した。

折檻の始まった時期と〝お千代〟が生まれた時期がどこまで重なっているかはわからない。小雪本人は折檻のことをはっきりとは憶えていないと言ったが、あまりのつらさに忘れてしまったのかもしれない。ともあれ、ここにいる〝お千代〟は幽霊でも生まれ変わりでもない。

「あなたは、実母のお千代さんの代わりに生まれたのかもしれませんね」

「生まれた――そうかもしれへん。名が同じやから」

お千代は形のよい唇を引き上げた。

「小雪さんは本が好きだったでしょう」

おけいも本が好きだ。本を読んでいるとすべてを忘れてしまうこともある。いったん本の世界に入ってしまえば、そこにいるのはもうおけいではない。別のものだ。幽霊や鳥や虫にもなれる。きっと小雪もそうだったのだろう。

「そうやね。小雪は本が好きやった。息苦しいこの家の中で、本の中だけが思う存分、息を吸えたんやろね」

たぶん、小雪はつらく苦しいときに色々な本を読んだのだろう。そして、その中には近松の『心中宵庚申』があったかもしれない。

本の世界だけが彼女の心の救いだった。それは、神仏に近いものだったのだろう。

だから、小雪は祈った。身を切られるほどに強く願った。

あたしの中にいるのが、泥棒猫の薄汚いお千代なんかではなく。

夫、半兵衛との純愛を貫いた貞淑なお千代だったらいいのにと。

そうしたら、義母に嫌われずに済むかもしれない。痛めつけられて心が粉々にならなくてすむかもしれない。

そうして、〝お千代〟は生まれたのだ。

「お千代さん、あなたは小雪さんの守人だったんです。小雪さんが苦しまないように。傷つけられないように。長い間、小雪さんの盾になっていたんです」

別の〝お千代〟を作り出したのは小雪本人だったけれど。

それは〈現〉ではなかったかもしれないけれど。

でも、決して無力な〈虚《うろ》〉ではなかった。

幼い小雪は〝お千代〟に守られたのだ。

もしも〝お千代〟がいなかったら、小雪の心はとうに死んでいたかもしれない。

小雪は小雪自身を封印することで自らを守ったのだ。

「うちはどないすればええんやろ」

お千代が泣き笑いのような顔になった。

「苦しかったでしょう。だって、あなたが一人で小雪さんの痛みやつらさを引き受けてきたんですから。だから、そろそろ背負ってきたものを下ろしたらいいんです」

「うちは消えるってこと?」

「消えるんじゃありません。楽になればいいんです、お千代さんを苦しめたものはもういないんですから」

内儀の身は朽ち果てた。でも、まだ真っ黒な闇がこの家を覆っているのはなぜか。

悋気や妬みや憎しみはこの世に残るからだ。でも、それだけじゃない。それを受け取るほうの心もまた闇に塗りこめられていくのだろう。

どうしてあたしはこんなにも虐げられるのだろう。

どうしてこんなにも憎まれるのだろう。

こんなあたしなぞ、この世から消えてしまえばいいのに。

自らを否定する心も、また深い闇になるのだから。

「わかった。楽になればええんやね。でも、最後にひとつだけ」

お千代は悲しげに眉を下げた。

おけいは居住まいを正した。ここへ来る前に覚悟はしていた。もしかしたらそうかもしれないと思っていた。でも、その悲しい事実をしかと受け止めねばならない。

「おっかさまを殺したのはうちや。うちが殺した」

しごき帯で首を絞めたんや、とお千代は神妙な声で言った。

やはりそうだったか。おけいが大きく息を吐き出したとき。

「やはりそうだったのね」

おけいの心の中をなぞるように、澄んだ声がした。

小雪だ。二十歳の小雪が戻ってきたのだ。不思議なことに、ここへ来たときには生気のなかった目に、微かだけれど光が戻っている。

では、お千代は中へ戻ったのか——そう思った瞬間、おけいは息を呑んだ。

二十代半ばくらいの女が小雪の傍に座していた。島田髷に品のいい万筋の着物、色白で優しそうな面持ちをしている。たぶん、これがお千代だ。だが、その輪郭は朧だ。白銀色に輝いた身の向こう側で書架が透けて見える。そして、その横には幼い小雪もお行儀よく座っている。お千代と同じように淡い白銀色をしていた。

まさか、こんなことが。

驚きでおけいが言葉を失っていると、

「たぶんそうだろうと思ってた」

二十歳の小雪がふたつの影に向かって柔らかく微笑んだ。

「〝お千代〟さんが自らの中にいるって、小雪さんはわかっていたんですか」

おけいは思わず問うていた。

「ええ。大人になってからは何となく」小雪が微笑みながら答えた。「こうしてじかに話をするのは初めてですけど」

「そうやね。初めてや」

白銀色のお千代も微笑んだ。

「一朗太がかっとしておっかさんを殺すはずがないって思ってた。どんなにひどい母親でもあの子の実の母親だもの。だから、あなたが殺ったんだろうって。でも、あたしには憶えがないからどうしていいか、わからなかった」

「一朗太さんと死のうとしたのは小雪さん？　それとも――」

おけいが小雪とお千代を交互に見ると、

「あたしです。小雪のほう」

小雪が深々と頷いた。

庚申の夜に死のうと言い出したのは一朗太だという。平蔵に罪をなすりつけたことに耐えられなくなった。この先、生きていても苦しいだけだ。だったら姉弟で命を絶とう。平蔵の無実を書き残したうえで。そんなふうに二人で決めたそうだ。

「もし、一朗太が死罪になったら、あたしも喉を突いて死ぬつもりでした。一人で生きていても仕方がないもの。でも、今は少し気持ちが変わった。この子を見たから」

小雪は幼い小雪を見て微笑んだ。九つの小雪はどこまでわかっているのか、きょとんとした面持ちで大人の小雪を見上げている。

「死なへんのやね」

お千代が問う。

「うん。死なない。少なくとも自ら死を選ぶことはしない」

小雪はきっぱりと頷いた。

死なない。封印した幼い小雪の分まで生きる。この現の世界で。

「うちが、おっかさまを殺さへんかったら、よかったたんやね」

お千代が苦しそうに吐き出した。

「でも、あたしを守るためにしたことでしょう。そうしなければ、たぶん、あたしが先に死んでいたから」

ありがとう、と二十歳の小雪は悲しそうに微笑んだ。あたしが先に——小雪は意に沿わぬ縁談が決まり、自死を考えていたのかもしれない。

「でも、うちが殺ったのは、おっかさまだけや」

お千代が泣きそうな顔になる。その手はいつしか幼い小雪の手をしっかりと握っていた。小雪がどこか不安そうな顔でお千代を見上げている。

「うん、わかってる。おとっつぁんを殺したのは一朗太でしょう。でも、それもあたしを守ろうとして――」

そこで、小雪は言葉を途切れさせた。唇を噛んで何かをこらえるような面持ちをしている。

「大丈夫かえ？」

お千代の顔がますます泣きそうになる。

「大丈夫。今度はあたしが大事な人を守る。だから、あなたは楽になってちょうだい」

唇をほどき、小雪は微笑んだ。

うちはもうお役御免やね。

お千代が泣きそうな顔で微笑む。その声はすっかりか細くなってしまった。

「今までありがとう。小さなあたしを守ってくれて」

小雪は頷き、お千代の横に座している幼い小雪を愛おしむように見つめた。

ほな、この子と一緒に行くね。

透き通ったお千代の頬に涙が一筋流れた。その途端、大小二つの朧な影は水に浸したようににじみ、やがて白銀色の光が弾けるように視界から消えた。

さようなら。

最後に聞こえたのは、幼い小雪の声だった。

二人が消えた後、視界に入るのは書架に並んだたくさんの本だった。このたくさんの本に幼い小雪は守られていたのだろう。すると、いつかのてつじいの言葉がくっきりと立ち上った。

――その見えぬものを言葉にし、世に出すことで、何かを感じる人間がおるかもしれぬ。

何かを感じるだけではない。言葉は人を殺すことも救うこともできるのだ。

小雪は書架に並んだ本を慈しむように眺めていたが、つと背筋を伸ばしておけいに向き直った。その目には最前よりももっと強い光が宿っている。

――死なへんのやね。

お千代の言葉がおけいの耳奥で鳴り響いた。

「おけいさん。〝お千代〟は私自身です。だから、おっかさんを殺したのは私です。すべての責は私にあります。ですから、一朗太を、弟を救ってください」

どうかお願いいたします、と小雪は畳に手をついて、深々と頭を下げた。

それから十日後。

小雪と一朗太に正式に沙汰が下った、と伝三郎が報せてくれた。

――此度のことはすべて私のせいでございます。母親を殺めた私を庇うために、弟は仕方なく父を手に掛けたのです。そして、平蔵は私たち姉弟を庇ってくれただけでございます。私はどのような罰も受ける所存でおります。ですが、二人には御慈悲《おじひ》を賜りますよう、平にお願い申し上げます。

小雪は玉砂利に額を擦り付け、御奉行に嘆願したそうだ。それに対して、弟の一朗太は母親の長年にわたる小雪への折檻、それを知っていながら知らぬ振りをした父親の放任ぶりを訴えた。姉が死罪なら自らもまた死罪に値すると言ったそうだ。さらに、番頭の平蔵は一朗太の言を補うような証言をしたうえで、主人夫婦を諫《いさ》めることのできなかった自らの至らなさを語った。

その結果、番頭は無罪放免。姉弟も死罪を免れ、江戸払いになった。

異例のことだという。

「あたしの嘆願が効いたんじゃないかって。岡っ引きが言ってた」

おけいは茶を飲みながら目の前のてつじいを見上げた。

「それはよかった」

てつじいはにこにこしながら口元についた黒蜜を懐紙で拭っている。〈村雨〉の二階の座敷は腰高窓が開け放たれ、秋晴れの涼やかな風が吹き込んでくる。

「それにしても、根岸っていう御奉行様はすばらしいよね」

おけいの言葉にてつじいはますます相好を崩す。

「そうかの」

「うん。本当に根岸さまさまだよ」

――一朗太を、弟を救ってください。

小雪の言葉を受け、おけいは姉弟の減刑を嘆願する書を御奉行にしたためたのだった。

伝三郎に頼むと、

――御奉行に嘆願書かい。

最初は躊躇っていたけれど、結局は半沢に頼んでくれた。半沢は快く引き受けてくれたそうで、やっぱり見た目通り優しい役人だ、とおけいは感じ入った。

だが、渡したのは嘆願書だけではなかった。完成した戯作を添えたのである。義母を殺したという事実より、どうしてそうなってしまったのか。小雪と周囲の人々の心の中を見て欲しかったのだ。最後の場面は小雪の部屋で見たままを文字に起こした。

そして、その戯作の原稿は今、万書堂、勘助のところにある。

——いい出来だとは思うが、行司の許可が下りるかどうかはわからねぇな。

行司とは本屋が新しい本を刊行する際に、お上の御触書に反していないか、重板や類板に触れていないかなどを検閲する吟味役である。本屋仲間の中から選ばれるという。今は、勘助からの返答待ちだ。

「けど、不思議だったよ。幽霊が見えるならともかく、小雪さんが作り出した〝お千代〟や〝幼い小雪〟があたしの節穴の目に映るなんてさ。夢でも見ているんじゃないかと思った」

「いや、不思議でも何でもないと、わしは思うぞ」

やけに胸を張っておけいの言を打ち消した。

「どうして?」

「幽霊も人の念がこの世に残ったもの。〝お千代〟も人の心が生み出したもの。どちらも人の心だ。だが、いずれにしても、誰にでも見えるものではなかろう。見えぬものを見ようとしたから見えたのだ」

おまえの目は決して節穴ではないぞ、とてつじいはちんまい顔をくしゃくしゃにし、茶をすすった。

てつじいの言葉は嬉しかった。その嬉しさの中からふと萌した思いを、そのまま口にしてみる。

「あたし、御奉行様に会ったことはないけど、きっとてつじいみたいな人じゃないかって思うんだ」

言い終えるや否や、てつじいが茶を噴いた。

「ごめん、ごめん。びっくりさせちゃったね」

まさか、そんなに驚くとは思わなかった。

「いや」

口元を拭ってから、てつじいは真面目な面持ちで訊ねた。

「なぜ、そんなふうに思ったのだ」

なぜって。原稿を読んでくれたうえに、小雪と一朗太を減刑してくれたのはもちろんだけれど、

「返ってきた原稿にさ、紙が添えられてたんだ」

力強い手蹟《しゆせき》が綺麗な短冊に踊っていた。

「返事の代わりかの」

「うん。そうだと思う。大事に仕舞ってあるから見せられないけど、そこに書かれてた言葉がね、以前、てつじいが言ったこととすごく似てたんだよ。ほら、迷ったときはどうするかってやつ。それを見て、ああ、あたしは御奉行様が好きだって思った」

「そうか。好きか。それはよかった」

てつじいは得も言われぬ優しい面持ちで頷いた。

夫婦心中と見せかけた殺し。

科人が二転三転したのは、罪を犯した者を守ろうとした人がいたからだ。

平蔵はやってもいない罪を被り、一朗太はやらなくてもいい罪を犯した。この二人には様々な思いがあっただろう。先代への忠義や幼い小雪を守れなかった悔《かい》恨《こん》。姉を慕う思いや血を分けた両親への愛憎。一言では言い表せない人々の思いがこの悲しい事件の裏にはあった。もちろん、人を殺めたことは大きな罪だ。

でも、おけいはやはり、小雪に小雪として生きて欲しいと思っている。

ようやく自分の足で立った小雪に。

この現の世界で、幸福になって欲しいと心から願っている。

だから、戯作を添えて嘆願書を出したのだ。

姉弟を救ってくださいと。

一筆一筆、心をこめて。

その嘆願書に御奉行様はこう返してくれた。

——天を仰ぎ見て、判ずるべし。

五

「小雪さん。もう少ししたら、『伊勢物語《いせものがたり》』をご所望の客が見えるんだけど、蔵から取ってきてくれるかい」

帳場裏の小座敷を掃除していると、番頭の藤兵衛《とうべえ》が赤ら顔を覗かせた。

「はい」

小雪はすぐに立ち上がった。

「一人で大丈夫かい」

「はい、大丈夫です」

小座敷から出て、店の隣にある蔵へと急ぐ。

一歩足を踏み入れると、そこは紙と墨のにおいが満ちていた。薄暗いので戸を開けたまま、奥の書架へと進んでいく。佐倉《さくら》の御城下にある書肆《しょし》、歓呼堂《かんこどう》に来てからもう一年以上が経っていた。蔵番を務める手代の下で、目録作りを手伝ったお陰で書架のどこにどんな書があるのかは、大体わかるようになった。

「ああ、あった」

小雪は『伊勢物語』を手に取ると丁寧に風呂敷に包んだ。

蔵の外に出ると、ひんやりした風に乗って梅の香りが漂ってきた。

ああ、もう春だ。

一朗太と平蔵のいる場所はもっと南になるから、既にこの春のにおいを感じているだろう。梅の次は菜の花と桜だ。

「ああ、確か歓呼堂さんの——」

柔らかな声に振り向くと、好々爺といった小柄な男が立っていた。

「あ、先日はありがとうございました」

歓呼堂の上客である。城下のはずれの村の名主であった。書が何より好きで、しょっちゅう店に足を運んでくれる。

「あんたが薦めてくれた『栄花物語《えいがものがたり》』だけどね。なかなか面白いよ」

男は相好を崩した。

「さようですか」

小雪の頬も緩む。

「で、今抱えているのは？」

男は小雪の風呂敷包みを目で指した。

「こちらは『伊勢物語』です」

「ああ、いいねぇ。でも、今日は句集をほしくてさ」

「『炭俵《すみだわら》』とか？」

「そう。よくわかるね」

「先にいらしたとき、おっしゃってましたから」

「そうだったか」

男は広い額をぺしりと叩き、明るい声で笑った。小雪も声を立てて笑う。春の柔らかな光の中に笑い声が溶けていく——

「おけい」

呼ぶ声で、おけいははっと我に返った。満開の山茶花の花が目に入り、物語の柔らかな春から現の晩秋へと引き戻される。

「ああ、祖父ちゃん」

おけいは読んでいた冊子を閉じた。表紙には『歪められた鏡』と書かれている。

「残念だったな」

言いながら祖父はおけいの右側に腰を下ろした。

おけいの戯作は刊行が見送りになった。

――心中物はやっぱり駄目だとよ。

報せに来た勘助は済まなさそうな顔をしたが、予想していたことだから、さほどがっかりはしなかった。予定通り、桜木華絵の戯作は刊行するという。

――心中のくだりを省いて大幅に書き換えてみるか。

そんな勘助の提案をおけいは丁重に断った。

「たいして残念でもないよ。幸太郎はぷりぷりしてたけどさ」

――もったいないからさ、勘助さんの言う通り、書き直そうよ。

そんなふうに言ったが、おけいは首を横に振った。

小雪の業を書ききったという思いがあったからだ。

上総で商いを始める一朗太や平蔵と離れ、勘助の助けもあって、小雪は下総《しもうさ》の書肆で働くことになった。自分の足でしっかりと立ちたい。できれば本に関わる仕事をしながら。

小雪自身がそう願ったのだ。

他の誰でもない、ただひとりの自分。

かけがえのない自分。

そんな自分として、堂々と胸を張って生きていく。

それこそが小雪の業だったのだと思う。

おけいが戯作の最後に書いたように、この先の小雪の人生が上手くいくかどうかはわからない。〝お千代〟と離れた小雪は、寂しさもつらさも一人で引き受けねばならない。

でも、きっと本の世界は、自分の足で歩き始めた小雪を、真の意味で支えてくれるだろう。

――その見えぬものを言葉にし、世に出すことで、何かを感じる人間がおるかもしれぬ。

てつじいの言うように、本にはそういう力があるのだ。

いつか自分もそんな本を紡げればいい。

「書くのが、しんどかったか」

祖父が淡々と訊いた。

「うん。少しだけね」

本当は少しどころではなかった。

――あなたの文章はおりくがまるでそこにいるかのような。

平蔵はそう言ってくれたそうだが、書いている間、おけいの心はおりくに乗り移ってしまったようだった。いや、おりくだけではない。お喜代の屈託さえも自分のことのように感じてしまった。

でも、そのおりくもお喜代もこの世にはいないのだ。書き終えると、今頃になって胸の奥がじくじくと痛んだ。

「なあ、おけい。戯作を書くってのは楽じゃない。書けば書くほどしんどくなる。いや、胸の痛みが増すかもしれん」

「うん、何となくわかる」

不意に、九年前に見た、炎の照り映えた少女の美しい笑顔と、楽しげな笑い声が蘇った。あの笑顔の裏にあるものを書くとき、あたしの胸はもっと痛むのだろう。想像するだけでひりひりする。

「だがな」祖父の声が柔らかくなった。「その痛みは、いつか別のものに変わる」

はっと胸を衝かれた。

祖父は穏やかな表情で山茶花の白い花を見つめている。

「別のものって？」

「それは、変わってからのお楽しみだ」

この痛みが――おけいはそっと胸に手を当てた。

いつか、別のものに変わる。

そう思えば、じくじくした痛みがほんの少しだけ和らいでいくような気がした。

「ま、しんどくなったら、いつでもやめればいい」

祖父は静かに立ち上がると、縁先から去った。

それと入れ替わるように幸太郎が廊下を駆けてくる。

「姉ちゃん！　大変だ」

「何だい。そんな大声出して」

「芝居小屋の前で、派手な喧嘩をやってるらしい。なあ、観にいこうよ」

「喧嘩なんて別段、珍しくもなんとも――」

「何言ってんだよ。役者と相撲取りの喧嘩だぜ。次作のネタが転がってるかもしれないだろ」

腰に手を当て、にやりと笑う。その楽しそうな笑顔を見ると、胸で鬱々しているものが吹き飛んだ。

しんどくなったら――幸太郎に半分背負ってもらえばいい。

「よし。幸太郎、行くよっ」

立ち上がると、おけいは下駄を突っかけて庭に下りた。

「何だい、おれの下駄はあっちじゃねぇか」

文句を言いながら幸太郎が戸口のほうへ駆けていく。先に行ってるからね、とおけいは弟の背に呼びかけ、山茶花の咲き誇る生垣へ向かって歩きだした。

通りに出ると、青く澄み渡った天を仰ぎ見る。

すぐに、軽快な下駄の足音が追いかけてきた。

コスミック・時代文庫

お内儀《かみ》さんこそ、心《こころ》に鬼《おに》を飼《か》ってます
おけいの戯作手帖

2025年2月25日　初版発行

【著者】
麻宮《あさみや》　好《こう》

【発行者】
松岡太朗

【発行】
株式会社コスミック出版
〒154-0002 東京都世田谷区下馬6-15-4
代表　TEL.03(5432)7081
営業　TEL.03(5432)7084
FAX.03(5432)7088
編集　TEL.03(5432)7086
FAX.03(5432)7090

【ホームページ】
https://www.cosmicpub.com/

【振替口座】
00110-8-611382

【印刷／製本】
中央精版印刷株式会社

ISBN978-4-7747-6626-3 C0193